講談社文庫

さかさま少女のためのピアノソナタ

北山猛邦

講談社

目次

contents

見返り谷から呼ぶ声

『見返り谷』――
北海道東部のある場所に、
アイヌ語でライポール（死の洞窟《どうくつ》）と呼ばれ、
冥界《めいかい》の入り口とされる洞窟が存在する。
その谷から帰る時には、
けっしてうしろを振り返ってはならない。

1

十月の放課後、自転車を押して歩く二人の影は不気味なほど長く、あぜ道の先に伸びていた。右にいるのがハカセで、左がユウキ。どちらも小さい頃から僕の友だちだ。

ハカセは当然のように眼鏡《めがね》をかけていて、中学生とは思えないほどたくさんのことを知っている。しかも名前が博士《ひろし》。だからハカセ。一方、ユウキは勉強の方はさっぱりだけど、運動神経は抜群だ。クラスで一番、勇敢な男の子としても知られている。名前もそのまま、勇気《ゆうき》という。

彼らと比べると、なんの特徴もない僕は、名を司郎《しろう》という。みんなからはシロと呼ばれている。名は体を表すというけれど、まさにその通り、僕にふさわしい呼び名だと思う。白は無色。何もない。

ハカセとユウキが並んで歩く帰り道を、僕はうしろからついていく。東に見える海はすでに暗く、黒いヴェールが何層にも重なって揺らいでいるように見えた。海風が冷たい。もう分厚いコートが必要な時季だ。

「ハカセも来年にはトカイ人かぁ」ユウキがからかい半分に云《い》う。「まさかうちの学校から、東京の高校に行くやつが出るなんてなあ……潮《うしお》分校始まって以来の天才じゃないか？」

「大げさだな。俺なんか話にもならないよ。そもそも試験で受かるかどうかもまだわからないし」

「ハカセなら余裕だって」

学校の偏差値にかかわらず、東京の高校に進学するというだけで、僕たちにとっては彼が雲の上の存在に思えた。この世の果てのような田舎《いなか》で育ったせいか、東京と聞けば、よくわからないけどとにかくすごい、と刷り込まれている。僕もハカセに憧れて、東京の高校を目指していたけれど、残念ながらその夢は半ばで早々に挫折《ざせつ》した。僕よりもまだ、ユウキの方がずっとずっと可能性に満ちあふれている。

ユウキと僕は同学年で、今年中学二年生だ。ハカセは中三。生徒が少ないので、学年ごとの教室分けはなく、僕たちは小学生の時から一緒のクラスだった。クラスには僕を含めると八人しかいない。

幼馴染《おさななじ》みというほど近しいわけではないけど、単なるクラスメイトというには互いをよく知りすぎている。それが僕たちの少し奇妙で、ごく普通の関係だった。

「それじゃあ、また明日——」

分かれ道の角では、錆《さ》びた看板が、今はもうないホテルの場所を示している。ハカセはその下で、手を振って別れを告げた。

「ちょっと待った」

ユウキが唐突に声を上げる。

「どうした？」

「あれ、見ろよ」

ユウキは道の先、エゾマツがまばらに生える林の中を指差した。

木々の向こうを黒い影が横切る。

「熊？」

だとしたらのんきにはしていられない。この辺りでは熊の目撃情報がしょっちゅうあるし、冬眠を控えた彼らがうろつく季節でもある。ただ、熊にとっては、みすぼらしい人里に降りてくるよりも、山の中にいた方がよっぽど餌《えさ》にありつけるという環境だ。通学路まで熊がやってきたという話はあまり聞かない。

「いや、熊じゃねえって。よく見ろよ」

「わからん」

ハカセは眼鏡を上げ下げしながら目を凝《こ》らす。

林の中から出てきたのは、紛れもなく人間だった。

真っ黒な服を着た小柄な女子——

「クロネだ」

僕は云った。

クラスメイトの一人、中学二年生のクロネ。クラスでもっとも謎めいていて、いつも一人ぼっちの女子だ。真っ黒な服ばかり着ているので、通称まっくろクロネ。漢字では黒音《くろね》と書く。

「あれ、クロネか？　なんだってあんな林の中から……」

「トイレにでも行きたくなったんじゃない？」

ユウキがにやにや笑いを浮かべる。

クロネは林から歩道に出ると、きょろきょろと周囲を見回した。一瞬、こちらに気づいた様子で静止したが、すぐに何事もなかったかのように、近くに停めてあった自転車に乗って、夕闇《ゆうやみ》の向こうへ消えていった。

「俺たちに気づいたかな」

「クラスのみんなには黙っといてやろうぜ」

ユウキはすぐにでもばらしたくて仕方ないといった顔つきで、僕の方を向いた。

「そもそも彼女の帰り道はこっちじゃないはずだが……ん？　もしかして、ここ……」

ハカセは何かに気づいた様子で、足早に林まで近づく。

そこで自転車を停めて、林の中に入っていった。

「おいっ、待てよ」

僕とユウキは慌てて彼のあとを追いかける。

ハカセについて林の中を進んでいくと、すぐに目の前にフェンスが立ちはだかった。フェンスとはいっても、およそ二メートルの幅で立てられた支柱に、鉄の棒を何本か渡しただけのおそまつな代物《しろもの》だ。くぐり抜けることも、迂回《うかい》することもできる。

けれどハカセはフェンスの前で足を止めた。そこを越えていくことは簡単なはずだが、精神的な何かが彼を足止めしているようだった。フェンスの向こうからは、ひんやりとした空気が漂ってくる。

「ハカセ、ここって……」

ユウキも気づいたようだ。

「ああ――『見返り谷』だ」

フェンスを越えて少し進めば、やがて鳥居が見えてくるだろう。それが『見返り谷』の入り口だ。そこから先は、だんだんと左右の地面が目線より高くなっていき、気づけば崖《がけ》に挟まれた谷底を歩くことになる。薄暗くて、じめじめとして、息苦しい。左右に逃げ場はなく、行くか、戻るかしかない。

地元の老人たちは、口を揃《そろ》えて『見返り谷』に近づいてはならんと云う。彼らは、その谷の奥にある洞窟が、昔からなんと呼ばれていたのか知っているのだ。

ライポール――アイヌ語で『死の洞窟』。

「クロネはなんだってこんなところに……？」

ハカセは青ざめた顔で云う。

「道に迷ったんじゃねえ？」

ユウキはそう云って笑う。しかし口元がひきつっているのは明らかだった。

急に辺りが暗くなり始めたので、僕たちは逃げるようにその場をあとにした。帰り道ではずっと、背後から何かに見られているような気がしてならなかった。

翌朝、僕が教室に入ると、すでにユウキの他に何人かクラスメイトがいて、昨日のことで盛り上がっていた。どうやらユウキが、クロネについておおげさに、あることないこと話して聞かせたようだ。女子のミコやサヤッピなんかは、クロネのことを露骨に気味悪がっていた。

ハカセはあとから登校してきた。昨日の出来事を知る当事者として、クラスメイトたちの会話に交じるかと思いきや、難しそうな顔をしたまま自分の席に着いて、それきりだった。誰かが話しかけても、「ああ」とか「うん」とか云うだけで、黙り込んでしまう。時々彼にはこういうことがあるので、クラスメイトたちも特に気にしてはいないようだ。

問題のクロネは、他の生徒より遅く、最後に登校してきた。

彼女が教室に入ってきた途端《とたん》、クラスメイトたちは一瞬静まり返った。噂話《うわさ》の張本人が現れたことにバツの悪さを感じたのだろう。あるいは噂話の影響から、クロネの黒い姿がまるで闇をまとった魔女のように見えて、息を呑《の》んだのかもしれない。

クロネはそんな教室の空気もお構いなしに、無表情のまま、自分の席へ向かう。まるで離れ小島のように窓際で一つ空いている席の隣が、彼女の席だ。

そこにちょうど担任の教師が入ってきて、静止していた教室の時間が再び動き出す。

「おはよう——ん？　なんだ鈴森《すずもり》、今来たところか？　ギリギリセーフだな」

担任は席に着こうとしていたクロネを見て云う。鈴森はクロネの名字だ。クロネは特に何も返さず、肩にかかった髪を払ってから、着席した。

「それじゃ、出席を取るぞ——相川《あいかわ》」

相川は僕の名字だ。出席確認などしなくても、この生徒の人数なら、いるかいないかは一目瞭然《いちもくりようぜん》だろうけど、学校教育として実施する方針らしい。

「小林《こばやし》——」

「はーい！」

クロネに対する疑念、あるいは恐れのようなものが、もやもやとしたグレーから、拭《ぬぐ》いようのない黒へと変わったのは、その日の掃除の時間だった。

一日の授業を終えて、掃除の時間になり、クラスの約半分（四人）が教室掃除にあたった。そのうち男子の二人、サルゾウとユウキが例によって箒《ほうき》をバットに見立てて野球を始めた。そうして走り回っているうちに、サルゾウが勢い余ってクロネの机にぶつかってしまった。

机がひっくり返り、中にあったものが床に飛び出す。

「やっべ、片づけろっ」

教室掃除組にクロネがいなかったのは幸いだった。サルゾウたちは慌てて机を直し、床に散らばったものを回収する。

しかしサルゾウが途中で手を止めて、拾い上げた本をユウキに突きつけた。

「おい、これ見ろよ」

「うわ……なんだこりゃあ」

ユウキの顔色が変わる。

本のタイトルは――『死後の世界』。

飾り気のない装丁や、辞書みたいな分厚さからみて、単なるオカルト系のムック本などではなく、学術的な本のようだ。

他にもクロネの机には、『黒魔術の実践と応用』『アイヌのまじない』『黄泉戸喫《よもつへぐい》』といった、古びた奇妙な本ばかりが詰め込まれていた。

真面目《まじめ》に教室掃除をしていた女子たちも、見ないふりをしつつ、あからさまに怖がっていた。

「早く片づけないとクロネが帰ってくるぞ」

僕は大声で呼びかける。

「もうそろそろ帰ってきそうだ」

サルゾウとユウキは急いで本を元に戻し、何事もなかったように掃除を終えた。

外の掃除から戻ってきたクロネは、自分の机の中身がさらされたことなど気づかない様子で、いつものように頬杖《ほおづえ》をつきながら、帰りのホームルームを聞き流していた。ホームルームが終わると、机の中の本を何冊か鞄《かばん》に詰めて、すぐに教室を出ていった。

「あいつ、絶対やばいって」

ユウキは早速、教室掃除組ではなかったハカセに、クロネの本について話した。

「難しそうな本、読んでるんだな」

「不気味すぎるだろ。なんだよ、『死後の世界』って」

「俺が思うに——」ハカセは眼鏡を押し上げながら云う。「どうやらクロネは『見返り谷』に興味があるようだな。『見返り谷』の奥にある洞窟が冥界、つまり『死後の世界』に繋《つな》がってるって話、聞いたことあるだろ」

「『死後の世界』ねえ……」

この辺の子供なら、みんな知っている。アイヌの伝説によると、洞窟の存在は五百年以上前から知られていたらしい。最近では、有名なオカルトサイトが記事に取り上げたことで、知る人ぞ知る心霊スポットになっているという。

「興味がある、ってなんだよ。自由研究でもするつもりか？　そうじゃなくても、あんなところに一人で行くなんてどうかしてるぜ」

「同感だな。俺も二度と行きたいとは思わない」

実は以前、クラスメイト全員で、『見返り谷』に行ったことがある。

一年前の夏だ。その日は地元の祭りである『くまおくり』の日だった。子供たちはグループを作って各家を回り、お菓子をもらう代わりに、お祈りの言葉を唱える。熊の神様へのお祈りらしいが、お菓子さえもらえれば意味なんかどうでもよかった。僕たちクラスメイトは全員同じグループだった。

一通り行事の済んだ夕暮れ、誰からともなく『見返り谷』へ行こうという話になった。いわゆる肝試しだ。お祭りで浮かれていたせいか、誰も反対することなく、ちょっとしたハイキング気分で『見返り谷』へと向かった。

鳥居を越えた頃には、薄闇が立ち込めはじめ、さすがに何人かは帰りたがった。しかし今さら少数で引き返すのも恐ろしいので、仕方なくついていくしかない。

谷の奥、洞窟の入り口に、小さな祠《ほこら》があることは知られていた。みんなでそこまで行ってから帰ろう、ということになった。

おそるおそる奥まで進むと、そこには確かに、何百年もそのまま放置されているかのような小さな祠が建てられていた。それは冥界の門番として立つ何かの生き物のように見えた。僕たちはもう冗談を云い合う余裕もなく、適当にそれを拝んでから、足早に帰ることにした。祠の向こう側には、すぐそこまで分厚い闇が迫っていた。

その時、誰かが云った。

「帰る時は絶対に振り返ったらいけないぞ」

その迷信については、なんとなく聞いたことがあった。

「振り返ったらどうなるんだ？」

誰かが尋《たず》ねる。

「死ぬんだよ」

誰かが云った。

今でもその言葉が——記憶の底から聞こえてくる。

死ぬんだよ、死ぬんだよ。

「あれから俺も『見返り谷』のことが気になっていて……いろいろ調べたんだ」ハカセが云う。「ここ二十年の間に、『見返り谷』周辺で行方不明になった人間の数……何人だと思う？　十三人だ。俺が調べられた範囲の数字だから、実際にはもっとかもしれない」

十三人――

人とすれ違うのも珍しいこの田舎町では、驚くべき数字だろう。

「マジで？　冗談じゃなく？」

ユウキが目を丸くして云う。

「ああ。それらのほとんどが、熊に襲われたんだろうって結論になってるが、それらしい遺体が発見されたことは一度もない。遺体どころか、衣服や持ち物さえ見つからない。中には、自転車で谷に入っていった子供が、自転車ごと消えたケースもある」

「自転車ごと？」

僕は思わず尋ねていた。

「その自転車少年のケースでは、洞窟から引き返したと思われる車輪の跡が発見されたんだが、何故《なぜ》か道の途中でぷっつりと消えていたそうだ。つまりその少年は、帰り道で忽然《こつぜん》と消えたことになる。まるで神隠しだな」

「神隠して……そんなことあり得ないだろ」

ユウキは鼻で笑いながら云う。しかし目は笑っていなかった。

「いや、現場の状況からはそう考えるしかない。たとえば熊に襲われたのなら、熊の足跡が周囲になきゃおかしいし、誘拐や殺人であれば、犯人の痕跡《こんせき》が少なからず残されているはずだ。ところがそういったものは何一つ見つからなかった。そもそも第三者の犯行なら、その場から自転車まで持ち去る意味があるとは思えないし」

「その少年の身に何が起きたんだ？」

「とりあえず熊説を否定した場合に考えられるのは……やっぱり第三者による犯行で、自転車の痕跡がそもそも偽装だったという説かな。だが周囲にまったく自分の足跡を残さず、そんな偽装ができるだろうか……」

ハカセは考え込むように、放課後の教室を眺め渡す。他の生徒たちはすでに帰ったようだ。ひと気のない教室は寒気を感じるほど静かだった。

「谷から帰る時に、振り返ってはならない――」

唐突に、ハカセが呟《つぶや》く。

「何？」

「ユウキ、お前も知ってるだろ、その話は。じゃあ振り返ったらどうなるか、聞いたことは？」

「あの世に連れていかれるとかなんとか……」

「そうだ。仮にそれが迷信などではなく、先人たちが伝えてきた真実だったとしたら？」

「どういう意味だよ」

「谷の奥の洞窟は本当にあの世と繋がっていて――生きている人間が迷い込んでしまった場合には、出口にたどりつくまでうしろを振り返ってはならない。もし振り返ったら……あの世に連れていかれてしまう」

「ははっ、迷信だって」

「本当にそう云い切れるのか？　じゃあ帰り道で消えた自転車少年をどう説明する？　彼は道の途中で振り返ってしまったんじゃないか？　だからあの世に連れ去られたんだ。そう考えると、他の行方不明者たちの説明もつく。一年前の、あの日のことも――」

「やめろよ、もうその話は」

「ああ、思い出したくない思い出だ。だがクロネにとってはどうだろうな。あいつは『見返り谷』に囚《とら》われている。もしかしたら、あいつはあの日、『見返り谷』で何かを見たんじゃないのか？」

「まさかあいつ……振り返ったのか？」

「だとしたら、彼女は一体何を見たんだろうな」

僕たちは、クロネの席の方を見つめる。

彼女の真っ黒なシルエットがまだそこにあるような気がした。

「クロネから直接聞き出せれば話は早いんだが、そうもいかないだろうな。どうしたものか」ハカセは肩を竦《すく》めながら云った。「……そういえばシロは、あいつとは仲良かったよな」

「な、仲がいい？」

僕にとって彼女は、他のクラスメイトとそう変わらない存在だ。近くて遠いクラスメイトの一人。けれど、あらゆる人間と距離を置いていた彼女からすれば、僕の存在は、逆に遠くて近いクラスメイトだったのかもしれない。

「ああ、シロとよく話してたよな。シロだったら聞き出せるんだろうなあ」

ユウキも流れに乗っかって云う。

「聞き出せるわけないだろ……」

僕の言葉は、もちろん彼らの耳に届くことはなかった。

2

翌日、早速クラスメイトたちの間では、クロネが『見返り谷』で黒魔術の実験をしているだとか、次々に人を殺害しては洞窟に隠しているだとか、めちゃくちゃな噂が流れ始めた。噂の出どころは容易に想像がつく。

まさか噂を鵜《う》呑《の》みにする人間はいないと思うけど……彼女が何故『見返り谷』に足を運び、何を考えているのか、僕たちは真実を知る必要があるのかもしれない。

二時間目は体育だった。僕たちのクラスは男子と女子が一緒に授業を受ける。

「準備運動から始めるぞー」体育教師が笛を吹く。「二人一組になって」

こういう時、クロネはだいたいハブられる。彼女は一人余って、所在なげに体育館の隅にいた。

「鈴森、お前――」

「具合悪いので休みます」

クロネは体育教師の言葉を遮るように云って、体育館を出ていってしまった。体育教師はやれやれといった様子で彼女を見送る。いつものことなので、それ以上の追及はしないようだ。

クロネがいないまま体育の授業は続けられた。


昼休みになると、クロネはお弁当の包みを持って、教室を出ていく。

美術室が彼女のいつもの場所だ。その教室は今では使われておらず、鍵が壊れているので自由に出入りできる。室内には机と椅子《いす》がいくつか置かれている程度で他に何もないが、南向きの窓のおかげで、暖房がなくても昼間は暖かい。部屋に染みついた絵の具のにおいさえ気にしなければ、なかなか理想的な環境だ。

彼女はいつもそこで、おにぎりとパックのコーヒー牛乳の昼食をとる。そして余った時間は、本を読んだり勉強したりして過ごす。

とてもじゃないが話しかけづらい。

彼女は昔からずっとこんな調子で、周囲の人間から距離を取ってきた。ただでさえ人の少ない田舎の学校で、わざわざ孤独になろうとするなんて、よっぽど他人と関わりたくないのだろう。

その気持ちは、僕には少しだけわかる。

僕は昔から、人と話をすることが得意ではなかった。そもそも他人と何を話したらいいのかわからない。間違ったことを云わないように、誤解されないように、相手を退屈させないように、慎重に言葉を選んでいたら、ちっとも会話は弾まないし、相手が興味なさそうな顔をしていたらますます言葉が出てこなくなる。だから黙ってしまう。

そうして僕は、できる限り人との会話を避けるようになっていった。誰にだって苦手なことくらいある。僕はたまたまそれが、人との会話だったというだけのことだ。

クロネが僕と同じような人間なのかどうかわからないが、周囲に馴染めないはみ出し者同士、不思議と会話が成立したのは事実だ。お互い、興味が向く方向や、話す速度が似ていた。普段なら、こんなことを口に出しても意味がないだろうと抑え込んでいたようなことを、彼女の前では自然と言葉にすることができた。

クロネが学校を休んだ時、渡さなければならないプリントを持っていくのは、いつも僕の役目だった。他に誰もやりたがらなかったし、僕に任せておけばいいだろうという空気が、小学生の頃にはもうできあがっていた。

かといって、僕とクロネができてるというふうに茶化《ちゃか》す子もいなかった。異分子同士がくっつこうがどうでもいいとみんな思っていたのかもしれない。

昼休みの時間が終わって、美術室から出てきたクロネに、僕は声をかけてみた。

「クロネ――」

彼女はちらりとこちらを見たが、まるで気のせいだといわんばかりのそっけなさで向き直り、長い髪を揺らしながら行ってしまった。

これではまるで話にならない。もう少し踏み込む必要がありそうだ。

放課後、僕はクロネと一緒に帰ることにした。

一緒に、というのは語弊があるかもしれない。僕が勝手にクロネについていっただけだ。クロネは別に嫌がる素振《そぶ》りは見せなかった。といっても彼女の場合、感情の泉に分厚い氷が張っているので、見た目だけではよくわからない。

彼女はいつもの帰り道とは別の方向へ自転車を走らせた。もしやまた『見返り谷』に行くのではないかとも思ったけど、そちらの道でもない。

やがて彼女は公民館の前で自転車を停めた。

その一般家屋と変わりない公民館は、図書館も兼ねていて、絵本から地元の郷土史まで取り揃えている。ただし民家の一室を書庫にしているだけなので数は少なく、自治体による図書館とも違い司書は常駐していない。

めったに人が来ることもないので、クロネは時々ここを隠れ家のように使っている。どうやって手に入れたのか、合鍵を持っていて、勝手に入り放題だ。

クロネはぶつぶつと独り言を呟きながら、鍵を開けて中に入り、書庫の小さな椅子に腰かけた。大きく息を吐き出す。まるで自宅に帰ってきたかのようなくつろぎ方だ。

僕は窓辺に寄りかかって、彼女が何をするつもりなのか見守っていた。彼女は早速あちこちから本を引っ張り出してきて、机に広げた。

それらはすべて、地元の伝承や、アイヌの伝説などについて書かれた本だった。

やっぱりそうか……

「『見返り谷』について調べてるのか？」

彼女は答えず、指で文字を追いながら、次々に本を開いていく。

「『見返り谷』は、もともとライポールと呼ばれていた」クロネが口に出して云う。「通常であればアイヌ語をそのまま漢字にあてはめて地名にするところだが、何故か洞窟の存在は忘れられ、谷全体を指して『見返り谷』と呼ぶようになった……」

「なんでそんな名前がつけられたんだろう？」

「老人たちによると、地元の伝承からその名がつけられたようだ」

「振り返ってはいけない、ってやつ？」

クロネは唐突に本を閉じて、僕の方をしばらく無言で眺めてから、別の本を手に取った。

その本には、『見返り谷』の伝説について、僕の知らないことが書かれていた。

その内容は驚くべきものだった。

『見返り谷』は戦前から戦中にかけては、『御《み》霊返《たまがえ》しの谷地《やち》』と呼ばれていたという。その名の通り、この土地にはアイヌの時代から伝わる奇妙な風習があった。

『御霊返し』――つまり死んだ人の魂を呼び戻す儀式だ。

黄泉《よみ》の国から死者を連れ戻す。その方法は儀式という割にシンプルだ。黄泉に繋がる洞窟で、呼び戻したい人の名前を何度も呼べばいい。

それ自体は簡単だが、ただ一つ、禁忌があった。

連れ出した死者を現世に戻すまでの間、けっしてうしろを振り返ってはいけない。

具体的には、洞窟の入り口にある祠を発《た》ってから、谷の入り口にある鳥居まで。もし振り返ってしまった場合、連れ出した死者もろとも、黄泉の国に連れ戻されてしまうという。

『見返り谷』という地名は、『御霊返しの谷地』を呼びやすく簡略化したものだという。その際に、伝承の内容と地名が混同され、『御霊返し』が『見返り』に変わったと考えられる。

「なるほど……そういうことか……」

僕は呟きながら、クロネを見る。

御霊返し、か。

謎が一つ解けた気がする。

さらにその本では、この土地の伝承がイザナギの神話に由来しているのではないかと紐解《ひもと》いている。

イザナギは死んだ妻イザナミに会うため、黄泉の国へ向かった。ようやく妻のもとにたどり着いたものの、宮殿の中にいるイザナミの姿を『けっして見てはいけない』と注意される。しかしイザナギはその禁忌を破ってしまった。そこには醜く腐敗し、変わり果てたイザナミの姿があった……

黄泉のイメージは、確かに『見返り谷』の洞窟に近いものがある。

しかし――

「むしろこっちの方が近いんじゃないかしら」

クロネはギリシャ神話の本を広げた。

有名なオルフェウスの冥府下りの話だ。オルフェウスは死んだ妻エウリュディケを冥界から連れ戻すために、冥界の王ハデスに会いにいく。ハデスはオルフェウスの説得に応じ、妻を彼の元に返した。その代わり一つ、条件をつける。

冥界を出るまでけっしてうしろを振り返ってはいけない。

しかしオルフェウスは、あと少しで冥界を出られるというところで、エウリュディケがちゃんとついてきているか気になり、うしろを振り返ってしまった。その途端、エウリュディケは冥界に連れ戻されてしまったという。

うしろを振り返ってはいけない、という点では、確かにこちらの方が『見返り谷』の伝承と似ている。しかしさすがにこんな田舎町の伝承が、ギリシャ神話をベースにしているとは考えにくい。

神話や伝承の類《たぐい》には、この手の『見てはいけない』という禁忌がよく登場するので、たまたまその類型と一致しただけだろう。それにしても、遠く離れたギリシャとこの土地に、似たような伝説があるというのも奇妙な話だ。

クロネは広げた本をそれぞれ繰り返し熟読する。まるで難しい文献にあたる学者のようだ。事実、彼女はいまや、『見返り谷』を研究する学者のつもりなのかもしれない。

――あいつは『見返り谷』に囚われている。

ハカセはそう云っていた。

彼女が魔女や殺人鬼の類ではないのは間違いなさそうだが、ここまで『見返り谷』に執着するのは何故なのだろう。

「クロネ、君はなんのつもりでこんなこと――」

彼女は本を閉じると、顔を上げた。

「シロ」彼女は僕を透かして、壁を見つめるように呟く。「待ってて」

そう云うと、彼女は本を片づけて、公民館を出ていってしまった。僕はしばらく一人で、本棚を眺めて過ごした。

結局、彼女は公民館には戻ってこなかった。

クロネの考えていることはよくわからない。

昔からそうだ。

近所の公園に、球形の回るジャングルジムがあった。最近になって危険だということで撤去されたらしいけど、僕たちが小学生の頃には、人気の遊具の一つだった。

小学四年頃だっただろうか。ある日の夕暮れ、ひと気のない公園でクロネが一人、ジャングルジムの周りをうろうろしていた。灯《とも》り始めた常夜灯が、スポットライトのように孤独な彼女を照らし出している。

「何してんの?」

僕は気になって声をかけた。この頃にはもう、気安く声をかけられる間柄にはなっていた。

「見てわからない?」

彼女は不機嫌そうに云って、その奇妙な作業を続けた。

スニーカーの先で地面を蹴《け》って、線を描いている。

しばらく見守っていると、彼女が描いた線は、球形のジャングルジムをぐるりと一周した。

「何、それ」

「土星の環《わ》」

どうやら彼女は、球形のジャングルジムを土星に見立てて、地面に環を描いているようだった。

「僕もやる」

「じゃあシロはD環を描いて。一番、内側のやつよ。私は外側のE環を描くわ。それから少しずつ間に環を増やしていくの」

僕たちは夢中になって土星の環を描いた。公園は宇宙だった。常夜灯が太陽なら、水飲み場はエンケラドスだ。辺りが暗くなるのも構わず、僕たちは土星の環を描き続けた。

すべての環を描き終えたところで、僕たちはジャングルジムに乗って、夜空に浮かぶ本物の土星を見上げた。目を凝らせば環も見えそうなほど、澄んだ輝きを放っていた。星空は僕たちの公園と繋がっていて、境目なんて何処《どこ》にもなかった。僕たちはその時、本当に宇宙の中にいるみたいだった。

「……帰らなくていいの？」

クロネが尋ねる。

「クロネは？」

訊《き》き返した。

「べつに」

彼女が複雑な家庭の子だということは、なんとなく知っていた。父親がいなかったし、母親もだいたいいなかった。いつも同じ真っ黒な服を着ていたし、いつも同じお弁当を食べていた。そしていつも一人ぼっちだった。

「君がいるんなら、僕もいるよ」

「なんで？」

「楽しいから」

その気持ちは本当だった。あまり他人と気持ちを共有したことのない僕だけど、この時はたぶん、彼女も同じ気持ちだったと思う。

「土星の環って、近くで見たらどんなだろう」

僕はなんとなく呟く。

「水でできてるらしいわ。だから、きらきらして見えるんじゃないかしら」

「そうか……いいこと思いついた」

僕はジャングルジムを下りて、近くに転がっていた空のペットボトルを拾った。水飲み場《エンケラドス》まで行って、ペットボトルに水を汲《く》む。

その水を、土星の環に撒《ま》き始めた。

「せっかく描いたのに、消えちゃうじゃない」

「明日の朝になればわかるよ」

そう云うと、彼女は納得したようだった。

「明日が楽しみね」そう云ってから、続ける。「明日が楽しみなんて、生まれて初めてだわ」

水を撒き終わった頃に、帰宅しない僕を心配して、父が懐中電灯片手に現れた。ひどく怒られた。僕はクロネに別れを告げて、家に帰った。父はクロネのことを何か云っていたような気がするけど、聞き流していたので覚えていない。

翌朝、学校に登校する前に僕は公園へ向かった。

朝の気温は低く、吐く息は白かった。

公園の入り口に自転車を停めて、ジャングルジムへ向かう。想像していた通り、昨日描いた輪に、うっすらと白く霜が降りていた。それは朝日を斜めに浴びて、きらきらと輝いて見えた。

これこそ土星の環だ。

僕はしばらくクロネが来るのを待った。

けれど彼女は現れなかった。

楽しみだって云っていたのに。

登校する時間になったので、仕方なく学校へ向かう。クロネはまだ来ていなかった。彼女が教室に現れたのは、午後になってからだった。目に眼帯をしていた。きっと家で何かあったのだろう。けれど僕は何も訊かなかったし、彼女も何も説明しなかった。

はたして彼女は土星の環を見ることができたのだろうか。

わからない。

何も云ってくれないから。

昔からそうだ。

クロネの考えていることはよくわからない。

でも……彼女から見たら、僕も同じようなものかもしれない。

3

「あれからさらに神隠しについて調べてみたんだ」

昼休みに、ハカセが云った。

「神隠し……？」

ユウキが首を傾《かし》げる。

「『見返り谷』の。もう忘れたのか」

「あ、ああ」ユウキはたった今思い出したように云う。「忘れてねえよ。クロネが犯人なんだろ？」

「それはお前がでっちあげた噂話だろ。俺もクロネが怪しいと思っていたんだが、考えてみたら谷の不思議現象は二十年以上前から起きているからな。彼女のはずがない」

「じゃあどうしてこの前、『見返り谷』からクロネが出てきたんだよ」

「谷のことを調べているのさ。おそらくあいつは、一年前の肝試しの日に何かを目撃して、谷の秘密に気づいたんだ。だが核心にはまだ至っていない。それで一人で調べ回っているんじゃないかな」

「なんだよ、それ。探偵団気取りか」

「団ではないな。一人だから」ハカセは冷静につっこむ。「そこでだ。クロネが真相にたどり着く前に、俺が先に『見返り谷』の秘密を暴いてやろうと思う」

「なんなんだよ、その対抗心。なあハカセ、受験勉強の追い込みの時期じゃないのか。そんなことやってる場合か？」

「勉強の方は今まで通りちゃんとやるよ。それよりも、地元にこの謎を残していくことが、心残りで仕方ない」

「そんなもんか？」

「何しろ行方不明者の数は二桁《けた》にもなるんだぞ。地元の恥だろ。このまま東京に出たら、向こうで絶対に馬鹿《ばか》にされるぞ。どんな恐ろしい田舎だよって」

「それは困るな」

「俺たちの名誉を守るためにも、『見返り谷』の謎は絶対に解き明かさなきゃならない」ハカセはいつになく真剣な顔つきだ。「それで、いろいろと調べてみたんだが……俺は限りなく真相に近づくことができた」

「えっ、もう答えが出てんのか？」

「理論的にはな。しかしそんなことが本当に起こり得るのか、実際に調べてみなきゃならない」

「調べるって、どうやって？」

「『見返り谷』に行くんだよ」

「あんなところにまた行くのか？　二度と行きたくないって云ってたのはお前だろ」

「名誉のためだ。もちろんついてきてくれるよな？」

　結局、放課後に僕とユウキは、ハカセのあとについて『見返り谷』へ行くことになった。

　フェンスの前に立つ。

周囲よりも温度が低いせいか、自然と身体《からだ》が震えた。谷の方からは、さらに冷たい空気が流れ出してきている。

「で、調べたいことってなんだ？　暗くなる前に早く済まそうぜ」

「まあまあ、そう慌てんな」

ハカセは眼鏡を押し上げてから、フェンスを迂回して向こう側へ一歩を踏み出した。あわてて僕とユウキも追う。

「『見返り谷』についていろいろ調べてみると――」

「なあ、ちょっと気になったんだけど、お前どうやってここのことを調べてんの？」

「ネットだよ」

「あ、そう……」

「馬鹿にしたような口ぶりだな。検索してみればわかるけど、ここで撮られた写真がけっこういろんなサイトにアップされているぞ。個人のブログとか、オカルト系のニュースサイトとかね。洞窟の中を隅々まで撮影した写真もあった」

「なんだよそれ……なんか白《しら》けるな。踏みにじられた気分だ」

「俺たちにとっては神秘の場所だが、外から来た人間にとってはただの観光地ってことだ。それで、彼らによると、洞窟の奥行きはせいぜい三十メートル程度で、奥は行き止まりになっているらしい」

「へえ……」

「当然、あの世の入り口なんか存在しない」

「そりゃそうだ」

「実際のところ、警察や消防団が今までに何度も洞窟の中を確認しているそうだ。もちろん何度調べたところで、オバケどころか、行方不明者の遺留品が発見されたこともない」

「それじゃあ、振り返ったら死ぬとか、あの世に連れていかれるとかっていう話は、全部デタラメってことか」

「いや、それがそうとも云い切れないんだな」

「は？」

「行方不明になったきり帰ってこない人間がたくさんいるのは事実だろ？　彼らはいずれも、洞窟から引き返す途中で、忽然と、なんの痕跡も残さず消えている」

「やっぱり洞窟をねぐらにしている熊の仕業《しわざ》なんじゃねえの？」

「だから、熊にやられたんだとしたら痕跡が残るだろ」

「痕跡を残さないようにするのは動物には無理か——ってことはやっぱり人間の仕

業？」ユウキは急に怯《おび》えたように周囲を見回す。「まさか殺人鬼か！」

気づけば目の前に鳥居が立っていた。

鳥居がいつなんの目的で誰によって建てられたものなのかはわからない。クロネが引っ張り出してきた郷土史にも書かれていなかった。見た目には古代の遺物といった印象だが、実際にはそんなに古いものでもないのかもしれない。

僕たちはその下をくぐって先へ進む。

「二十年で十三人って云ったっけ？　仮に殺人鬼が最初の殺人を二十歳で犯していたとしても、今はまだ四十歳……」ユウキが云う。「あり得ない話じゃねえよな……そしてこれから先、数十年も続く可能性が高いぞ。おい、俺たちこのまま進んでも大丈夫か？」

「落ちつけよ。『二十年』というのは俺が調べた範囲での話だ。もう少し範囲を広げて調べてみたんだが、少なくとも百年以上前から神隠しの話が伝わっているらしい」

「はあ？　それじゃあ、人間の仕業でもないっつうのか？　動物でもなければ人間でもない――他になんの可能性がある？」

「その謎をつきとめるために、ここに来たんだろ」

ハカセは怖がる様子もなく、先へ進んでいく。

僕たちはすでに谷底にいた。左右には二メートル以上の高さの崖が迫っていて、もはや逃げ場はない。

「謎を解く鍵はやはり、先人の警句にあるのだろう」ハカセは先頭を歩きながら云う。「観光客をはじめ、ここを訪れる人たちが全員、神隠しに遭うわけじゃない。無事に帰った人間はたくさんいる。俺たちだってそうだろ？　だが一方で神隠しに遭ってしまう人間もいる。その差はなんだと思う？」

「それってまさか……」

「そう、おそらく──彼らは振り返ってしまった」

やがて洞窟の入り口が見えてきた。

開いた口は、せいぜい高さ一・五メートル程度で、幅は二メートルくらい。窮屈さを感じるが、中へ進むと次第に広くなっていくという。しかし真っ暗なため外からでは中を窺《うかが》うことはできず、まるで黒い幕が張られているかのように見える。

古びた祠が、入り口のやや右寄りに建てられていた。木製で三角屋根の小さな祠だ。何かを入れておくための観音扉があったようだが、今はその痕跡をかすかに残す程度だ。

この祠に死者の名を呼びかけると、魂を呼び戻すことができるという。

「あの世とこの世を繋ぐ電話みたいなものか……」

僕は呟く。

「さて、終着点だ」ハカセが云った。「さすがに今日は洞窟内を探検するのはやめておこう。なんの装備も持っていないしな」

「それで？　何を調べるっていうんだ？」

「早速実験だ。ユウキ、ここから少し引き返して、実際に振り返ってみてくれ」

「おいおい……俺に死ねって云ってるのかよ」

「安心しろ、死にはしないから」

「ったく……」

ユウキは文句を云いながらも、僕たちのいるところから少しだけ谷の入り口の方へ引き返した。さすが勇気のある男だ。少しためらうような素振りを見せたが——数歩進んだところで振り返る。

特に異変はなかった。

「どうだ？　何が見える？」

「偉そうに腕組みしているハカセという男が見える」ユウキは肩を竦めた。「他には祠とか、洞窟とか。別におかしなものは何も見えないぞ」

「身体に異常は？」

「ない」

「そりゃそうだろうな。振り返っただけで異常が起きるはずがない」ハカセは苦笑しながら云う。「実際に振り返ってみてどうだ？　仮に『振り返ると死ぬ』状況があるとしたら、どんな時だと思う？」

「うーん……考えられるとしたら、何かに追われている時じゃねえか？　すぐ真うしろに熊がいたら、振り返ってる場合じゃねえもんな」

「だが追いかけてくるものなんてここにはいない。もちろん洞窟の中にも、外にもな」

「おい、もったいぶらずにそろそろ答えを教えてくれよ。日が暮れちまうぞ」

「そう慌てるな」そう云うと、ハカセはその場にしゃがみこんだ。「ユウキ、もう一回だけ、振り返ってみてくれ」

「なんなんだよ……」

ユウキは毒づきながら、云われたように谷の入り口へ向かい――振り返る。

「ストップ！」ハカセが制止する。「わかったか？」

「はあ？　何が？」

いよいよユウキは苛立《いらだ》った様子だ。

「ユウキ、お前今、足を止めたよな？」

「お前が振り返れって云ったからだろ！」

「そう、それが答えだ」

「……何？」

「『振り返る＝立ち止まる』ってことなんだよ。もちろん振り返りながら歩き続けることもできなくはないが、普通は足が止まるだろ？　つまり……神隠しに遭った者たちはみんな、足を止めたんだ」

「意味がわからん。振り返ろうが、足を止めようが、どうしたら神隠しなんて起きるんだよ」

「地面を見てみろ」

ユウキは云われるまま、足元に目を落とした。

靴に泥がたくさんついている。雨が降ったわけでもないのに、全体的に地面が湿っていた。

「『見返り谷』と呼ばれるようになる前、ここは『御霊返しの谷地』と呼ばれていたそうだ」ハカセがまるで博士《はかせ》のように説明を始める。「『御霊返し』というのは『死者を呼び戻す』というような意味だが、重要なのはそっちじゃない——『谷地』の方だ」

「『谷地』……？」

「聞いたことないか？　昔はこの辺りにはあちこちに『谷地』があって、大人は必ず子供に注意したそうだ。『谷地には近づくな』と。『ヤチ』とは、一般的には湿地帯のことを指す。その語源はアイヌ語とも云われていて——たとえばこのへんの人間は『釧路《くしろ》湿原』のことをひっくるめて谷地と呼ぶことがあるし、そこらへんにあるような小さな池や沼のことをそう呼ぶこともある」

「ああ、昔じいちゃんに湿原に連れていかれたことがある。そういえば『谷地』って云ってた気がするわ」

「そしてもう一つ——谷地といえば『底なし沼』のことを指す場合がある」

「『底なし沼』……」

「あるいはこの辺じゃ、『谷地眼《やちまなこ》』とも呼んだりするが……一見すると面積の小さい沼地が、地下では大きく広がっていて、まるで底なしに思えるほど深い。そういう沼地のことを『谷地眼』と云うんだ」

「なるほど……ここはかつて沼地だったんだな」

「いや、今もそうだ」

「今も？」

ユウキは驚いて足元を確認する。湿ってはいるが、沈み込んではいない。

「おそらくいくつかの条件が重なると、ここに『底なし沼』が出現するんだろう。そう考えると、すべてが繋がるんだ。『振り返ってはいけない』という警句、痕跡を残さず消えてしまった人々――」

「まさか神隠しってのは……」

「そう、『底なし沼』に呑み込まれたんだ。底なしといっても、もちろん本当に底がないわけじゃない。実際には五メートルか……十メートルかわからないが、底はあるだろう。しかし自転車にしろ衣服にしろ、被害者のすべてを呑み込んでも余りあるほど、深かったとしても不思議ではない。そして一度沈み込んだものは、二度と浮かび上がってはこない」

「お、おい……それじゃあこの地面の下には、何十人と屍体《したい》が沈んでいるっていうのか？」

「おそらくな」ハカセは地面の土を指ですくいとって確認する。「昔はいろんなところに『底なし沼』と呼ばれるような沼地があったそうだが、さすがに現代では、もうこんな田舎にしか存在しないだろう。いずれここも、開発が進めば埋め立てられる」

「ちょ、ちょっと待ってくれ。今俺たちは、『底なし沼』の上に立ってるわけだよな？　なんで沈まない？」

「さっきも云ったように、『底なし沼』による神隠しが起きるには、いくつか条件がある。まず、普段より地面に水分が多い状態になること。そもそも『底なし沼』というのは、泥や土が水に溶け込んで飽和状態になっている状態を指す」

「つまり雨が降ったあととか？」

「そうそう。だけど雨水が溜まっただけで『底なし沼』がたちまちできあがるとは考えにくい。俺が思うに、洞窟の地下を通して、地下水が海と繋がっているんじゃないか。もしそうなら、潮の満ち引きによって、この辺りの水分量が増減する。『底なし沼』は満潮時かそれに近い時のみ、現れることになる」

「そういうことか……」

「そしてもう一つ、神隠しが起きる条件は、『底なし沼』の上で立ち止まることだ。『振り返ってはいけない』にもかかわらず振り返った時——その人物は沼の上で足を止めることになる。すると途端に泥に足を取られて、あとはもがけばもがくほど沈んでいくという寸法だ」

「ん？　なんかおかしくないか？　足元はすでに『底なし沼』の状態なんだよな？　だったら振り返るとか立ち止まるとか関係なく、そこの上を歩いただけで、沼にはまることになると思うんだが……」

「ところがそうじゃないんだな。事実、一年前……俺たちは『底なし沼』の上を歩いている」

「なんだって？」

「たとえばテレビや映画で、砂浜の上を自動車が走っているシーンを見たことはないか？　あれってよく考えたらおかしいだろ？　普通ならタイヤが砂に沈んで、身動きとれなくなるはずだ。実はあれは特別な現象で、何処の砂浜でもできるわけじゃない。砂の粒子がきめ細かくて、海水を含んでいるのが理想的な条件だ。この条件下だと、力を加えた時に、砂地がより堅く締まる。だから車でも走れるんだ」

「それと同じことが『底なし沼』でも起きるのか？」

「そういうこと。砂浜や『底なし沼』のように、細かい粒状の物質で満たされたものは、より速い衝撃や力に対しては堅く締まり、逆にゆっくりと遅く加わる力に対しては抵抗力を失う。こういう性質を専門的にはダイラタンシーと云うんだ。だから『底なし沼』の上をある程度の速度で歩いているうちは沈み込まずに済むが、足を止めた途端、沈み込むことになる」

「それじゃあ『振り返ったら死ぬ』というのは迷信なんかではなくて……事実だったのか……」

「おそらくな」

「一年前のあの日、あいつは――」

あの祭りの夜。

クラスメイトみんなで、この場所に訪れた。

谷を出た時には、一人少なくなっていた。

怖くなって、大人たちに事情を伝えた。その際、『見返り谷』に行ったことは伏せた。怒られると思ったから――単純な、子供っぽい理由だ。

大人たちは騒然となり、深夜まで懐中電灯の明かりがあちこちを駆け巡った。それでも、いなくなった子供は見つからなかった。次の日も、その次の日も、見つからなかった。

クラスメイトたちは、誰も大人に真実を告げることができなかった。もう引き返せなくなっていた。もし責任を問われたら？　少年院行きだ。あるいは刑務所かもしれない。あの夜のことはクラスの秘密になった。

いつか誰かが、あの夜のことを口にするんじゃないかと、みんなが怯えていた。しかし誰も告げ口しなかった。そうしてひと月が過ぎ、ふた月が過ぎ、一年が過ぎていった。

今、教室では席が一つ空いている。卒業までずっと空けておくつもりらしい。みんなで一緒に卒業するという美談だ。あくまでその子はいなくなっただけで、死んだと決まったわけじゃないから、というのが大人たちの考え。

クロネの隣の席だ。

彼女はいつも、その空っぽの席越しに、教室を眺めている。

毎日どんな気分だろう？

「なあ、今ふと、あの日のことを思い出したんだが……確かクロネって、谷から帰る時、最後尾にいたよな」

ハカセが云う。

「覚えてないな……それがどうした？」

「あいつがもし、ずっと最後尾にいたのだとしたら……沼に沈み始めているクラスメイトを追い越して、谷を出てきたってことにならないか？」

「ああ！」ユウキの顔が青ざめる。「それって……見殺しにしたってことじゃねえか！」

「クラスの中で、クロネだけは真相を知っていた可能性がある。知ってて黙ってたんだ」

「なんなんだ、あいつ。『見返り谷』のことをやけに調べているのも気になるな。何を企《たくら》んでいる？」

「さあ……あいつが何を考えてるのか、さっぱりわからない」

僕たちはしばらくの間、考え込むように沈黙した。

辺りはもうだいぶ暗くなっていた。視界が閉ざされていくと、反対に聴覚が鋭くなっていく。風の音が誰かのささやき声に聞こえてきた。あるいはそれは、地中に眠る死者たちの声だったのかもしれない……

「行方不明事件の真相について、警察には云わなくていいのか？」

ユウキが尋ねる。

「この辺に沈んでるだろうから掘ってくださいって？　妄想だと一蹴されるよ。最低でも『底なし沼』の存在を実証してからでないと……」

ハカセは語尾を濁《にご》らせる。俺たちがそこまでする必要があるのか、と言外に云っているようだった。

それにもし、クラスメイトの遺体が発見されたとなれば、もうあの日のことを秘密のままにしておくことは難しい。

「今日はそろそろ帰ろう」ハカセが云った。「一応、立ち止まらないように気をつけろよ」

僕たちは振り返らずに谷を出た。

4

そういえば昔、クロネが云っていたのを思い出す。

「みんないなくなればいいのに」

彼女が体育の授業を休んだ日だ。中一の時だったと思う。彼女は体育館のステージに腰かけて、授業を眺めていた。僕は足をくじいたため、彼女と同じように見学させられていた。

「『みんな』って？」

僕は少し離れたところに座っていたが、彼女の声が聞こえたので、思わず訊き返していた。彼女もあえて、僕に聞こえるような声で云ったのかもしれない。

「みんなはみんな。親も、先生も、クラスメイトも、この世の人間全部」

誰もが一度は、そんなふうに考えることがあるかもしれない。程度の差はあれど、何もかも嫌になることくらい誰にだってあるだろう。

けれどクロネの場合、この世界を心底憎んでいるといった様子だった。何故なら、そう呟いた時、彼女はうっすらと笑っていたからだ。

あれは思春期にありがちな厭世《えんせい》感情の一つだったのだろうか。それとも……

いずれにしても、彼女がこの世界を嫌えば嫌うほど、彼女は周囲から嫌われていった。彼女はますます一人ぼっちになり、身体に傷や痣《あざ》が増えていった。彼女の母親が傷害事件で逮捕されたのもこの頃だっただろうか。誰に対する傷害だったのか、表ざたになることはなかった。僕も噂で聞いただけだ。もしかすると被害者はクロネだったのかもしれない。

翌日、朝の教室でちょっとした騒ぎが起きた。

「お前、何を企んでる?」

ユウキがクロネに詰め寄っていた。

彼の勇気は野蛮の一種と化し、クラスメイトたちも彼を後押しするように、周囲を取り巻いていた。

クロネは自分の席で頬杖をついたまま、涼しい顔をしている。

「おい、聞いてるのかよ」

ユウキがクロネの腕を掴《つか》もうとする。

僕は彼を止めようと手を伸ばしたが届かず、むなしく宙をかすめた。

腕を掴まれたクロネは、少し怯えるような素振りを見せた。効果ありとみたユウキは、そのままクロネを揺さぶる。

「『見返り谷』のこと……どうするつもりだ？」

「なんの話？」

クロネは初めて声を発した。

「とぼけんなよ。お前があいつを殺したんだろ？」ユウキは隣の席を指す。「そうやって気に食わないやつを一人ずつ殺していくつもりか？」

「何を云っているかわからないわ」

「てめえ……」

「ユウキ、やめろ」それまで傍観を決め込んでいたハカセが云った。「根拠のないことでクロネを追いつめるな」

「こいつのこと放っておくのかよ！　根拠ならある。お前だって見ただろ、こいつが『見返り谷』に出入りしているのを！　おい、云えっ、何が目的だ？　このクラスをどうするつもりだ？」

「先生来たっ」

誰かが云った。その声でユウキはクロネから離れた。

何事もなかったように、クラスメイトたちは席に戻っていく。けれど数分前の教室と今の教室では、明らかに何かが違っていた。引き返せないラインを越えてしまったかのようだった。

その日の昼休み、いつものようにクロネがいなくなったのを見計らって、ユウキたちが集まった。

「あの女は今までに何度も、誰にもばれずに人を殺してきたんだ」ユウキが演説をぶって、教室の聴衆に自説を披露する。「完全犯罪だよ。自分にとって嫌いなやつ、邪魔なやつを片っ端から『底なし沼』に落としているんだ。あいつの母親が最近町からいなくなったって噂になってるが、あいつが沼に落としたんだろう。きっと父親もやったに違いない。隣の席のやつもだ」

「ハカセ……どう思う？」

クラスメイトから尋ねられて、ハカセは腕組みしながら唸《うな》る。

「うーん……クロネが実際にやったかどうかはともかく——沼に落としてしまえば完全犯罪になるというのは事実だろう。いっさい痕跡を残さず、ひと一人をこの世から消すことができる。屍体がないから、そもそも事件にもならない」

「そうなの？」

クラスメイトたちはハカセの言葉に同調する。年長者でもあるハカセに対する信頼は厚い。結果的に、図らずもユウキの主張を補強することになってしまった。

「どうする？　あの子を放っておくのはまずいんじゃない？」

「そのうち一年前の『見返り谷』のことを云いふらし始めるかもしれない」

「それは困るよ！」

「なんとかしなきゃ」

「そもそもあの日、あいつを呼んだの誰だよ」

「さあ？」

「もし本当にあの子が次々に人を殺して沼に投げ入れているような人間だったら……どうにかするしかないんじゃない？　このことを知ってる私たちが……」

誰かが云った。

「私たちがなんとかしなきゃ……」

その言葉は、教室の総意だった。誰か個人が云ったというより、教室そのものの発言だったのかもしれない。

それは自分たちを正当化するための正義だった。

「お前ら、何を考えてる？」

僕はその空気を破るつもりで云った。

けれど誰も僕の言葉に耳を傾けなかった。

もうみんなの心は決まっているようだった。

「ハカセ、次の満潮はいつだ？」


三日後の放課後、クラスメイト全員がクロネの机を取り囲んだ。クロネはいつもの無表情だった。もしもこの時、彼女が泣き喚《わめ》いていたら、躊躇《ちゅうちょ》するクラスメイトもいたかもしれない。けれど彼女の表情は、彼らの決意をいっそう固くさせるだけだった。

「一緒に帰ろうぜ」

ユウキが云った。

先生たちに見咎《みとが》められないように、クラスメイトたちはそれぞれ距離を保ちながら、クロネを学校から連れ出した。

行き先は『見返り谷』だ。

鳥居の下にたどり着いた時、すでに辺りは暗くなっていた。ぽつぽつと雨が降り始めている。足元は見て明らかなほどぬかるんでいた。

ユウキがクロネの背中を突き飛ばすようにして、鳥居の下に立たせた。

そしてクラスメイトみんなで、帰り道を塞《ふさ》ぐように並ぶ。

「お前が悪いんだぞ、クロネ」ユウキが云った。「『見返り谷』の完全犯罪は今日で終わりだ」

クロネは濡《ぬ》れた髪の間から、恨みのこもった目でユウキを見つめる。ユウキはたじろいだが、そのせいでかえって、彼女を悪とみなす動機を彼に与えてしまったようだった。

「今日は大潮らしい。雨も降っているし、いつもより水分を多めに含んでいるだろうってのがハカセの見立てだ。そうだよな？　ハカセ」

「ああ」ハカセは難しそうな顔で闇を見つめる。「一歩踏み出せばたちまち足を取られるだろう」

「……行けよ」

ユウキはもう一度、クロネを突き飛ばした。

クロネは体勢を崩し、こちらに背中を向けるようにして、泥の上に膝《ひざ》をついた。黒い髪が濡れて背中に張りついている。雨がいきなり強くなった。夕闇が霞《かす》み、彼女の真っ黒な姿が周囲に溶け込んでいく。

クラスメイトたちは息を呑んで彼女を見守る。

クロネは立ち上がった。

そして振り返ることなく、鳥居の下から一歩踏み出した。

そこから先は『底なし沼』だ――

「走れ！」

僕は大声で呼びかける。

「駆け抜ければ沈まずに済む！　走れ！」

ハカセが云った。

クロネは走り出した。

泥に足を取られ、転びかけたが、なんとかすぐに次の一歩を踏み出す。足元は硬く、彼女を支えた。ばしゃばしゃと足音を立てて走る。そうして彼女の姿はすぐに見えなくなったが、懸命な足音だけはしばらく谷に響いていた。

「……行ったな」

ユウキが云う。声が震えていた。さすがに彼も平常心ではいられないようだ。

「洞窟まで走って行くことができたとしても、戻ってくることはできないだろう」ハカセが呟くように云った。「雨で今よりもっと水分が増えたら、ダイラタンシーの効果もなくなる」

なんだって？

もしかしてハカセはそのことを知ってて彼女を送り出したのか？

くそっ。

クロネ――

僕には君のことがよくわからない。

けれどこんな形で君が死ぬのは、絶対に間違いだということくらいは、僕にもわかる。

僕はとっさに走り出していた。

クロネは雨の中を全力で駆け抜け、洞窟の入り口にたどり着いていた。

雨を避けるように、祠の横に座り込んでいる。

いつもと同じ、一人ぼっちの姿だ。けれどいつにもまして孤独な姿だった。全世界から嫌われて、みんなから追われて、とうとうこの世とあの世の境目まで追いやられたといった印象だった。

十一月の谷の空気は驚くほど冷たい。日暮れの雨が全身を濡らし、彼女の体温を奪っていく。朝になれば沼の水も引くかもしれないが、それまで彼女がもつだろうか？

それとも、危険を承知で谷を走って引き返すべきか？

はたして彼女にその体力が残されているだろうか。

クロネは膝を抱えて座り、そこに顔を埋めている。

一年前のあの夏の夜——君を誘ったのは僕だった。

余計なことだっただろうか。断られると思っていたから、意外だった。君は浴衣《ゆかた》姿を恥ずかしそうにしていたっけ。

肝試しの帰り道。いつもクラスメイトたちからはぐれる君が、ちゃんとついてきているか不安だった。暗闇の中、すぐうしろをついてきていた君の姿を見て僕は安心した。君は不思議そうな顔して僕を見返し、横を抜けていった。

君はあの日から、この場所に囚われている。

だとしたらそれは僕の責任だろうか。

何故君は、『見返り谷』に足を運ぶ？

一度や二度ではない。君が林の中へ消えていくのを、僕は何度も見ている。

何故君は――

「シロ」

唐突にクロネが呟く。

「ここにいるよ」

僕は彼女に手を差し伸べた。

「シロ！」

彼女は泣き叫ぶように僕を呼んだ。

それから何度も何度も――

心の奥深くにある泉から、感情が溢《あふ》れ出していた。

子供みたいに泣きながら、僕を呼ぶ。

そうか。

ようやくわかった気がする。

君が何度もこの場所を訪れた理由。

そして僕がここに来た理由。

この時のために、僕はここに来たんだ。

だから、僕は彼女のために祈った。

その時――

洞窟の中からひと際《きわ》冷たい風が吹いた。

その凍《い》てつく風は、まるで吹雪《ふぶき》のようにクロネを包み込んでから、勢いよく外へと吹き抜けていった。

風を目で追うように、闇の方に視線を向けると、その先で不思議なことが起きていた。

風の通り抜けた地面が、白く輝き始めたのだ。

凍っている？

今の冷たい風によって、一瞬で沼の水分が凍りついたのだ。奇妙な出来事だった。

見渡す限りの闇の中、きらきらと輝いて見える氷の道は――さながらあの日見た、土星の環のようだった。

クロネはようやく顔を上げ、目の前で起きた奇跡に目を丸くしていた。

「土星の環――」

「さあ、クロネ。立って」

僕が云うと、彼女はよろめきながら立ち上がった。

「シロ……来てくれたのね！」

奇跡はすぐに終わってしまうかもしれない。

さあ、早く。

走って。

クロネは一歩を踏み出す。

「ありがとう、シロ……でも……でも向こうに戻っても……また一人ぼっちになるだけ。私、生きていく自信がない」

「僕が見守ってるから」

「シロ……私のこと見守っててくれる？」

「もちろん」

クロネは涙を拭《ふ》いた。

そして真《ま》っ直《す》ぐ前を見据えると、土星の環の上を走り始めた。

「いいか、クロネ。けっして振り返っちゃだめだ。これから先、どんなつらいことがあっても……前を見て、胸を張って生きて！」

やがて鳥居が見えてくる。

もうクラスメイトたちの姿はなかった。

ここまでくればもう安心だろう。

鳥居の向こうへ消えていく彼女のうしろ姿を僕は見送った。

クロネ——

どうか僕のぶんまで、強く生きて。

千年図書館

1

　夏至を過ぎても、村の北にある湖が凍ったまま溶けなかった。この現象は、いにしえの頃より凶兆とされてきた。

　長雨か、洪水か、それとも干ばつか、飢饉《ききん》か。

　長老たちが寄り集まり、村の存続をかけた話し合いが三日三晩にわたって行われた。

　結論は――

　いつもそうしてきたように、村人の中から一人『司書』を選び出し、西の果ての島にある図書館に捧げることになった。

　その夜、村の若者たちが呼び集められた。布袋が一つ用意され、中に水鳥の白い羽を数枚と、黒い羽を一枚入れる。そして若者たちに順番に、布袋に手を突っ込ませて、羽を一枚ずつ取らせていった。勇ましく手を入れる者、泣き出してなかなか手を入れられない者、事情がよくわかっていない者、それぞれ様々な表情で運命の羽をつかんでいった。

黒い羽をつかんだのは、ペルという十三歳の少年だった。

同年齢の子供たちと比べても身体《からだ》つきが細く、またけっして利口ともいえず、村の外れで一人遊んでいるような、はみ出し者の少年だった。彼が黒い羽をつかんだことで取り乱す者は、村の中には一人もいなかった。彼の両親は早くに病気で死んでいたし、引き取り手の叔父《おじ》はこの結果にむしろ、喜んでいる様子だった。もちろんそれは、誇りある『司書』に選ばれたからであって、まんまと口減らしに成功したからではない――少なくとも叔父の笑顔には、そういう取り繕いが窺《うかが》えた。

日没とともに、清めの儀式が執り行われた。

ペルは無理やり新しい白い服を身につけさせられ、村の祈禱師《きとうし》たちによって聖水を四方から浴びせかけられた。冷え込んだ夜気の中で、水の飛沫《しぶき》がまるで氷のつぶてのようにぶつかってくる。たちまち体温が奪われ、身体の芯《しん》が麻痺《まひ》したような感覚に襲われた。

それから鹿《しか》の毛皮で身体を包まれ、杉の若枝で編んだ籠《かご》の中に押し込まれる。すぐに蓋《ふた》が閉じられた。

ペルは籠の中でひっくり返ったまま、星の輝く夜空が閉ざされる瞬間を目の当たりにした。直後に訪れた暗闇《くらやみ》は、彼に死を予感させた。

籠の周りに、村の若者たち四人が集まる。黒い羽をつかまずに済んだ者たちだ。彼らは籠の下に通した棒を肩で担ぐようにして、籠を持ち上げた。

そして夜の村に、笛の音が響き渡る——

それを合図に、籠は村を出発した。

見送ったのは長老たちだけだった。村人の多くは、一人の少年の命によって村が救われたと喜び、久々に安らかな眠りの床についていた。

ペルは激しく上下に揺さぶられる籠の中で、もう二度と村には戻れないことを覚悟した。

「よお、ペル、聞こえるか。まさかお前が『司書』に選ばれるなんてな」

籠の持ち手の男が呼び掛けてきた。籠は編み目が細かく、外が見られないため、ペルにはその男の姿を確認することができなかったが、声を聞いてすぐにフォウッカだとわかった。ペルより二歳上で、いつもペルをからかって遊ぶ乱暴者だった。

「下ろしてよ、フォウッカ。図書館になんか行きたくない」

ペルはか細い声を上げた。するとフォウッカたちは笑い出し、わざと激しく籠を上下させ始めた。

「乗り心地はどうだ？」

「怖い、下ろしてっ」

「こんな真夜中に、夜道に放り出されるほうがよっぽど怖いと思うぜ。なんならそうしてやってもいいけど」

「やっ、やめて！」

「下ろせと云《い》ったり、やめろと云ったり、『司書』さまのわがままにはかなわないな。安心しろよ、ちゃんと夜のうちに図書館まで運んでやるからな。それが村のためだ」

ペルは何も云い返すことができなかった。身体は冷えて縮こまり、籠を飛び出して逃げる体力もない。フォウッカたちの冗談や笑い声を聞きながら、次第に意識が遠のいていった。

次に気づいた時にはもう、籠は川面《かわも》に放り出され、流れの中を漂っていた。あっという間に水が浸入してくる。はっとして蓋を跳ね上げると、フォウッカをはじめとする四人の男たちの影が、岸に並んでいるのが見えた。もはや彼らは笑うでも

なく、ペルには興味をなくしたかのように背を向けて、村へ引き返そうとしていると
ころだった。
助けを求める声を上げようとしたが、水を飲んで激しくむせてしまった。声にはな
らなかった。
籠は川の流れに乗って、岸から離れていく。幸いにして、川は浅く、流れもそれほ
ど速くはなかった。
ペルは籠から這《は》い出て、川底に足をつけた。水面は腰の辺りだった。それでも真っ
暗な夜の川は、形を変えながらまとわりついてくる不気味な生き物のように、ペルを
何処《どこ》かへ連れていこうとしていた。
必死に抵抗しながら、反対岸を目指す。元の岸へ戻るには、もう流され過ぎた。先
へ行くしかない。
岸に近づくにつれ、川底も浅くなり、歩きやすくなっていった。濡《ぬ》れた服が肌に張
りついて冷たい。氷でできた服を着ているみたいだ。
ほとんどもがくようにして岸に這い上がる。
とうとう来てしまった。
川と海に囲まれたこの島は、古い遺跡の数々の他に、図書館があることで知られて

いる。当然、村の人間は誰も近づこうとはしない。図書館の名を口にすることも、その存在を頭の中に思い描くことさえも、人々は恐れる。村の人間は代々、図書館にまつわる伝説を婉曲的《えんきょくてき》に、なるべく目を逸《そ》らしながら、子の世代に語り継いできた。ペルも図書館の恐ろしさについては嫌というほど知っていた。ただでさえ臆病《おくびょう》なペルにとって、島に立っているという事実は、悪夢としか思えない状況だった。背後で静かに流れる川の音が、得体の知れないバケモノのささやき声となって、ペルに忍び寄る。白樺《しらかば》と針葉樹の森の中で、黒い影がうごめいている。あれは風に揺れる草木か、野生の動物か、それとも別の何かなのか……

このまま倒れて、眠りたい。

甘い香りにも似た、死の先触れが、ここにきてなお、誘惑のようにペルを襲う。しかしペルはよろめく足で、闇の中に歩みを進めた。臆病者だからこそ、一刻も早くこの場所を離れたいという意志が彼をつき動かしていた。

とにかく身体を一度温めなければ。火の焚《た》き方なら知っている。けれど道具は？薪《まき》は？　何処か風の当たらない場所へ……

森をさまようちに、巨大な石碑にぶつかった。

平たく切り出した岩をただ垂直に立てただけのような石碑だ。

暗闇の中で目を凝《こ》らしてみると、そこには奇妙な人の形をした絵が描かれていた。

——エイオレカスヴォ！

かつてこの島には、エイオレカスヴォと呼ばれる者たちが多く徘徊《はいかい》していたという。壁画に描かれる彼らは、いずれも顔がないという特徴がある。彼らは不浄の神を崇《あが》めていて、図書館はその祭祀場《さいしじょう》だったとする話も伝わっている。村の老人たちは、悪い子供たちをとって食うバケモノとして彼らを語る。

森の奥から感じる視線は、はたして彼らのものなのか、それともただの気のせいか。彼らには顔がないのだから、見られていると感じるはずもないのだけれど——

ペルは急に怖くなって、闇雲に走り出した。

しかしただでさえ疲労している状況で、彼の小さな身体が長くもつはずもなく……彼はやがて森の中で行き倒れてしまった。

薄れていく意識の中、夢を見た。

小鹿が槍《やり》に貫かれて、首から血を吹き出す場面が、ペルの眼前に広がる。それは森で拾った小鹿だった。『友だち』と名付けて、春の野原でよく一緒に遊んだ。村の子供たちから仲間外れにされて野原に行くと、いつも『友だち』がペルのことを待っていた。小鹿はだんだんと大きくなっていった。ある日、フォウッカたちに小鹿と遊んでいるところを見つかって引き離された。ペルの目の前で『友だち』は串刺《くしざ》しにされ、皮を剥《は》がれ、食用の肉と化した。ペルはただ見ていることしかできなかった。夢の中でも同じだった。

もしかしたら自分は今、あの時の報いを受けているのかもしれない。

ペルは目の前に広がる血の幻影に手を伸ばす。

指先はただ、冷たい土に触れただけだった。

2

目覚めると、灰色の天井の下にいた。

身体には温かい毛布がかけられている。

ペルは仰向《あおむ》けのまま、ゆっくりと自分の腕を持ち上げて、時間をかけて手のひらを観察した。指が思い通りに動く。

生きてる。

「あ、起きたか？」

声の方を向くと、戸口から子供が入ってきた。ぼさぼさの長い黒髪に、浅黒い肌……そして勝気そうな大きな目。何処かで見覚えのある子だ。

「ほら、スープだぞ。ほんとはオレが食べようと思って持ってきたんだけど、まあいいや。ちょうどいいから食べろよ」

そういって無造作に器を差し出す。ジャガイモなどの野菜を煮込んだスープだった。

ペルは云われるままに器を受け取り、おそるおそる口をつけた。温もりが身体中にしみわたる。同時に胸の中が安心感で一杯になった。何故《なぜ》だか、自然と涙が頰《ほお》を伝っていた。

「おいおい、そんなもんで泣くなよ」ぼさぼさ髪の子が、ペルの横にあぐらをかいて座る。「オレの次に一体誰が島に運ばれてきたのかと思えば、よりによってお前とはなあ――泣き虫ペルクリー」

「僕の名前……知ってるの？」

「ああ、村でいっつもいじめられて泣いてたよな、お前。何度か助けてやったこともあったけど、まさかオレの恩を忘れたって云うんじゃないだろうな」

「えっ？　えっと……」

何処かで見覚えがあるのは確かだが、ペルは目の前の子のことをすぐには思い出せなかった。

「ちぇっ、助けがいのないやつ」そう云って苦笑する。「まあ、昔の話だから仕方ないか。オレの名はヴィサスだ。もう忘れんなよ」

ヴィサス――

聞き覚えのある名前だった。

いや、むしろよく知っている。

まさか本当に、あのヴィサスなのか？　村の長老や大人たちによく議論をふっかけては厄介払いされていた、あの賢い女の子……

女の子？

ペルはあらためて、目の前であぐらをかいている子を眺める。一見すると身体つきは少年っぽいが、胸のふくらみがわずかに窺えないでもなかった。

「おいっ、じろじろ見んな」

ヴィサスは胸元を隠すように腕を組む。

「――君、本当にヴィサスなの？」

「やっぱりオレのこと知ってんじゃねえか」

「でもヴィサスは……二年前に……」

二年前。今年と同じように、湖の氷が溶けなかった年だ。例によって、『司書』を決めるのに布袋と羽が使われた。ペルは白い羽をつかんで、なんとか免れた。

黒い羽をつかんだのは、村で一番の厄介者、ヴィサスだった。

「そう、オレは二年前に『司書』に選ばれて、図書館に送り出された」

そうだ、それでもう彼女は死んでしまったものと思い込んでいた。

村のために犠牲になった『司書』のことを、ペルは他の村人たちと同様に、忘れ去ろうとしていたのだ。それがいかに残酷なことなのか、当事者になって初めて思い知らされた。

「もしかして、この二年の間……一人で生きてきたの？」

「ああ、そうさ。といっても、最初のひと月は、もう一人別の『司書』がいたんだけどな。オレより五年も前に『司書』になった人だ」

「別の『司書』？」

「天災だ飢饉だって騒ぎになるたびに、図書館に『司書』を捧げてんだから、そりゃ重複する時期も出てくるだろ。ん？　話が飲み込めないって顔してるぜ、ペル。いいんだ、焦ることはない。まずはスープを飲んで元気になれ。そうしたらいろんなことを順番に一つずつ教えてやるよ。『司書』のやるべきこととか、ここでの暮らし方とか」

「そういえば、ここって……何処？」

「図書館だよ」

ヴィサスの案内で、ペルは図書館の中を見て回った。

図書館は想像していたよりもずっと大きい。外観はほぼ四角で、灰色の巨大な箱が、森の中に無造作に転がっているような印象だ。ペルはもっとおぞましい形状を想像していたので、むしろ拍子抜けしたほどだった。

「村の人間たちは知りもせず図書館のことをあれこれ云うけど、これが現実だよ」ヴィサスは肩を竦《すく》めて云う。「なんてことないだろ？」

「そうだね……でもなんて云うか、別の意味で恐ろしい感じがする」

「恐ろしい？　何処が？」

「これだけ大きな建物が存在するということ自体、恐ろしいよ。なんのためにこんなものが、こんなところにあるの？」

「それこそ謎ってやつさ」

ヴィサスは両手を広げて意味深な笑みを零《こぼ》した。

入り口を一歩ぐるぐると、大広間に出る。天井が霞《かす》んで見えるほど高い。ペルはただ呆然《ぼうぜん》と天井を仰ぎ見た。静寂が粒子となって、しんしんと降り積もっているように感じられた。

続いて第一閲覧室。

入り口から部屋の奥まで、真《ま》っ直《す》ぐ伸びた通路を中心に、左右に無数の棚が等間隔に並べられている。棚の数は、ざっと見ただけでも四十以上。部屋の端から端まで歩くのにも、数分はかかりそうだった。

「昔はここに本が並べられていて、誰でも自由に読むことができたんだって。だけどほんとにそれだけの本があったのかどうかは疑問だな」

ヴィサスが腕組みして云う。

棚はすべて空っぽで、埃《ほこり》っぽい空気だけがそこを埋め尽くしていた。

ペルは本というものを話に聞いたことしかない。少なくとも村での生活には不必要だったし、興味を抱いたこともなかった。

「本を読みたいなら、あとで貸してやるよ。探せばまだ、けっこういろんなところに落ちてて、見つけるたびに拾って集めてるんだ」

ヴィサスは云った。

閲覧室は第一から第八まであり、室内の広さや棚の配置の仕方などがそれぞれ異なっていた。ただし第三閲覧室より奥は、壁や天井の崩落がひどくて、入ることも困難な部屋がいくつかあった。

「前任の『司書』の話では、もともとこの図書館は何処もかしこも崩壊が激しかったらしいんだけど、代々の『司書』がここまで建て直したんだってさ。第一閲覧室なんて綺麗《きれい》なもんだっただろ？　でも、あれだって元はごちゃごちゃしてたのを、昔の『司書』が元通りにしたんだ」

「どれくらい昔から『司書』がいたの？」

「さあね、『司書』がそれぞれどれくらいの期間、務めを果たしていたのかは記録に残ってないんだ。みんな前任者からの伝聞でしか知らない」

ヴィサスはさらに建物の奥へとペルを案内した。

奥へ進むにつれて、壁のひび割れが目立ち、空気がどんよりと重たくなっていった。

「見ろ、廊下の先に二つの扉がある。右の扉が書庫だ。倉庫みたいなもんだな。閲覧室に置ききれない本をしまっておいたところだ。左の扉が、地下書庫へ続いている」

「地下にも部屋があるの？」

「そうだ。そして地下の方が、地上部分よりもはるかに広い」

「へえ……」

これだけ広い建物よりも、もっと広い地下など、ペルにはまったく想像も及ばなかった。

「書庫と地下についてはあとで説明するとして、その前にお前に見せておきたいものがある。ついてこい」

ペルは云われるまま、ヴィサスのあとを追った。

彼女は大広間まで引き返し、建物の外へ出た。どんよりとした曇り空の下、建物に沿うように森の中を歩き、裏へと回る。

急に視界が開けた。広場を思わせるほどの平らな土地に、小さな石碑のようなものが無数に並べられている。

「『司書』たちの墓だよ」

ヴィサスは目を細めて云った。

すると真新しい石の前に膝《ひざ》をつき、懐かしむような顔でそれを見下ろす。

「オレが初めて図書館に来た時——彼女はオレをここまで連れてきて、今オレがこうしているのとそっくり同じように、前任者の墓に祈りを捧げた。たぶんそれは、ここにある墓の数だけ繰り返されてきた儀式みたいなもんなんだろう」ヴィサスはペルに背中を向けたまま続ける。「こういうのって、オレはくだらないと思う。掟《おきて》だとか、しきたりだとか、結局そういうもんがあるから、オレたちは今、こんなところでみじめな思いをしているんだろ？　負の連鎖は誰かが断ち切らなきゃいけない」

ヴィサスは立ち上がると、膝についた土を払って、森の奥を見つめた。まるでそこにいる誰かを探すかのように。

「でもオレは結局、同じことを繰り返している。無意味だってわかってたのに、なんでだろうな」ヴィサスは疲れたような笑みを浮かべて云った。「だからペル、オレが死んでも墓なんか造らなくていいからな」

ペルは肯《うなず》くことも、首を横に振ることもできなかった。

3

それからペルはヴィサスに連れられて、図書館の周辺を散策した。

ヴィサスは目に映るものすべて、一つ一つペルに説明していく。おそらく彼女も、前任の『司書』から同じように説明を受けたのだろう。

「ほら、この石碑を見てみろよ」

ヴィサスが指差す。

真正面に図書館を仰ぎ見ることのできる場所に、細長い石碑が建っていた。四角い塔のような形で、先端が先細りして尖《とが》っている。四方の面それぞれに、何かの文字が刻まれていた。

「あの……僕、文字読めないんだけど……」

「もう、しょうがないなあ。この一番でかい文字列は、こう書いてある」

『人類の産み落とした文明が最後に流れ着く場所』

「……なんのこと？」

「おそらく図書館の理念に関することが書かれているんだろう。理念ってわかるか？」

「うん、なんとなく」

「他の細かい文字列はかすれちゃってちゃんと読めないんだけど、『この施設は人類の未来のために建てられた』とか、そんなたいそうなことが書かれてるようだ」

「へえ……こっち側にも何か書かれてるよ」

ペルは石碑の裏側を指し示す。

「ああ、それは同じ内容のことが、別の国の言葉で書かれているんだよ。この辺りの石碑はみんなそうなってるんだ」

「どうして？」

「人類みんなが共通して使える施設にするつもりだったたんじゃないか？　実際、図書館で見つけた本は、どれもこれも別の国の言葉で書かれていた」

「いろんな国の本が、あの図書館に集められていた――ということ？」

「さあ……どうなんだろうな」ヴィサスは首を竦めて云った。「ちなみにほら、ここに書いてある文字列はよく見かけるから、ペルも覚えておいて損はないぜ」

「なんて書いてあるの？」

『千年図書館』

「かつてあの図書館はそう呼ばれていた。しかしいつの頃からか、その名前を口にすることさえ禁じられ、今となっては誰もその名を知らない」

ヴィサスは云った。彼女の言葉が、石碑に書かれている文面通りなのか、それとも先代の『司書』たちから受け継がれてきたことなのか、ペルにはわからなかった。

次に二人は川に向かった。ペルが籠ごと突き落とされた川だ。

川はいつもより少し濁《にご》っていて、流れが速くなっているように見えた。山の方に見える暗い雲が、雨を降らせているのかもしれない。川に落とされたのが今日じゃなくてよかったとペルは思った。

「昔は橋がかかっていて、向こう岸と繋《つな》がっていたらしい。図書館に通じる道もあったんだってさ。橋がまだ残ってりゃ、オレたちも川に落とされずに済んだのにな」

ヴィサスが笑いながら云う。

「橋があれば、村に戻ることもできたのに」

ペルはぽつりと云った。

「村に戻りたいか？」

「……わからない」

「この川は普段、浅くて穏やかだし、冬になれば凍りつく。ちょっと無理すれば渡れないこともない」ヴィサスは向こう岸を見据えるようにして云う。「それなのに、今まで村に戻った『司書』は一人もいない。何故かわかるか？」

「さあ……」

「もう村に居場所なんてないからだ」

ヴィサスの言葉はペルの胸に深く突き刺さった。

距離だけならそう遠くない向こう岸が、はるか彼方《かなた》の別世界に思えてくる。

ペルはもう少しだけあちら側をよく見ようと、岸に近づこうとした。

その時唐突に、背後からヴィサスに服を引っ張られる。

「隠れろっ」

ヴィサスが小声で云う。ペルはよくわからないまま、杉の木の根元に身をひそませた。ヴィサスも同じように身を隠しながら、ペルに顔を近づけてくる。

「向こう岸の森の中で何かが動いた」

「えっ？　鹿……？」

「おい、馬鹿《ばか》っ、頭を出すな。隠れてろ」ヴィサスはペルの頭を強引に押し下げる。

「こちらを意識した動き方だった。動物じゃないな……」

「まさか……エイオレカスヴォ？」

ペルは震え声で尋ねる。

森の中を徘徊する顔のないバケモノ――

「そんなのいねえよ」ヴィサスは吐き捨てるように云う。「少なくともオレは一度も見かけたことはない。前任の『司書』も、その前任も、見たことないって話だ」

「普段は隠れていて、姿を見せないのかも……」

「いねえっつってんだろ。大昔にはいたのかもしれないけど、もういないんだよ」ヴィサスは体勢を低くしたまま、森の奥へと引き返していく。「しばらく川岸には近づかない方がいいな。ほら、今のうちに引き返すぜ」

ペルはヴィサスに連れられるように、森へと戻っていった。

それから二人は島の北側へ移動した。

北の森には奇妙な景色が広がっている。木々の間に、赤黒く節くれだった巨大な骨のようなものが無数に点在しているのだ。これらは、くずおれた巨人たちの死骸《しがい》が風化し、『鉄の骨』だけ残ったものだとして村にも伝わっている。

「巨人たちがあの図書館を造ったって話もある。あれだけ大きな建物を建てられるのは巨人くらいしかいないっていうのが、その根拠だ」

「そっか……巨人が造ったんだ」

「おいおい、真に受けるなよ」

「えっ、違うの？」

「考えてもみろよ、巨人が造ったのに、なんで入り口がオレたちに合わせた大きさになってるんだ？　屋内の構造からみても、オレたちと同じ大きさの人間が造ったのは間違いない」

「じゃあこの巨人たちはなんなの？」

「さあね」ヴィサスは頭の後ろで手を組みながら、『鉄の骨』を見上げる。「石碑の中には巨人を描いたものもあって、それによるとこいつらは両手に持った鞭《むち》の先から雷を落とすことができたらしいぜ」

「怖い……」

「大丈夫だって、どうせもう死んでるよ」

「ほんとに？」

「蹴《け》ったり叩《たた》いたりしたって大丈夫だぜ」

ヴィサスはそう云うと、赤黒い骨の一つに蹴りを入れた。彼女の云う通り、それはなんの反応も示さなかった。

「な？」

ヴィサスは笑ってみせる。

けれどペルは、今にも巨人が怒って立ち上がるのではないかとびくびくしていた。

そんな彼の様子を見て、ヴィサスは面白そうに『鉄の骨』を蹴りまくって、いっそう彼を脅かすのだった。

そのあと二人は南に下って、図書館のすぐ近くにある貯水池を見て回った。

「この島のいいところは、水には困らないってところだな。川もあるし、貯水池もある。『司書』がここで長く暮らしてこられたのも、人間が生きていくうえで欠かせない水が豊富にあったからだ」

「食べ物はどうしてるの？」

「村の連中が週に一度、図書館へのお供えものを川に流してるだろ？　あれをいただくのさ」

「ああ……なるほど」

「どんなに不作続きでも、連中はお供えを欠かさない。そもそも、お供えを欠かしたせいで不作になったと考えてるような連中だからな。それが信仰ってやつだ」

「シンコウ……」

「図書館への捧げものなんだから、『司書』のオレらがもらうのは当然の権利だろ？」

「うん……ケンリだ」

「あとは木の実とか、きのことか、森には食べ物がけっこうあるぜ。魚や鹿だって獲《と》れる」

「鹿？　鹿も食べるの？」

「そう、お前だって食べたことあるだろ。でもあれはごちそうだな。最近じゃ、あんまり鹿も見なくなった」

「村ではいつも食べるものがなくて困っていたけど、もしそうなったら、どうするの？」

「そうならないようにするのさ」ヴィサスは得意げに云う。「図書館で見つけた本に、自給自足のやり方が書いてあった。村の連中がやってるような寝ぼけたやり方じゃなくて、よりカガク的で、効率のいい方法だ。最近ようやく、室内で野菜を育てるのに成功したんだ。お前が食べたスープもそうやってできたやつなんだぜ」

「へえ……すごい」

さすが大人たちから、賢すぎて厄介者扱いされていただけのことはある。彼女がたった一人で生き抜いてこられたのも、その頭脳のおかげだろう。

「さて、そろそろ散歩は終わりだ」ヴィサスが云った。「いよいよお前に『司書』の仕事を教える。何年も、何十年もずっと、代々『司書』が引き継いできた仕事だ。もちろん、それをするかどうかはお前が決めることだけどな」

4

ヴィサスは書庫の重々しい扉を押し開けた。

その先はすぐ部屋かと思いきや、二重扉構造になっていて、細い廊下の先にさらに重そうな扉があった。厳重な造りだ。

廊下の壁には、何かの文字や記号、図のようなものがたくさん描かれている。文字の特徴も様々で、今までに何人もの人間が、それぞれ主張したいことを書き足したり上書きしたりしてきたようだ。

「何が書いてあるの？」

「古い文字ばかりで、オレもほとんど読めないんだが……だいたいは本の扱い方に関する注意みたいだな」ヴィサスは奥の扉に手をかける。「中は暗いから、気をつけろよ」

「うん」

ペルはヴィサスから託されたランプの取っ手をしっかりと握りしめた。

「それじゃ開けるぞ」

ヴィサスは体重をかけるようにして、扉を押し開ける。

扉の隙間《すきま》から乾いた冷気が這い出してきた。閉め切った部屋独特の、ざらついた空気が頬をなでる。真っ暗闇がペルの足を竦ませた。

「ほら、明かり」

ヴィサスに云われて、慌てて部屋の中にランプを差し向ける。

広々とした通路が闇の奥深くまで続いていた。通路の左右に果ての見えない空間が広がり、背の高い棚が延々と連なっている。

しかし——ランプの明かりが届く範囲に見える棚は、すべて空っぽだった。

「なんにもない……」

「この辺は入り口近くだからな。もっと奥に行くぞ」

ヴィサスがペルの手首をつかみ、深い闇の中へと連れていく。彼女がそうしてくれなかったら、ペルは怖気《おじけ》づいて先へ進めなかっただろう。手首に彼女の温もりを感じる——それだけのことで、ペルは闇を歩けるようになった。

数分は歩いただろうか。ランプの明かりに浮かび上がって見える光景に、少しずつ変化が表れ始めた。

それまで空っぽだった棚に、何かが収められている。縦長の四角い箱のようなもの

――箱の表面は鉛色で、特に文字や装飾はなく、どれも同じ大きさ、同じ形をしていた。

あれが本だろうか。

奥に進むにしたがって、鉛色の箱は棚からあふれ出し、床に無造作に積み上げられ、しまいには通路にまで散らばっている始末だった。

「たくさんあるだろう？　お前が想像した数の五倍は、もっと奥にあると思っていい」

ヴィサスは床に落ちている箱を一つ拾って、明かりに当てた。

見た目はただの箱だ。何処にも隙間はなく、開閉する蓋も見当たらない。

「これは保存のために封印された状態だ。普通、本ってのは中の文章を読むために、左右に開けるようになってるもんだが、この書庫にあるやつは全部、同一規格の箱に入れられて、開けないように封印されている」

「中の本を読むことはできないの？」

「無理やり箱を壊して、中身を引っ張り出すことはできるかもしれないが、それは『司書』がすべきことじゃないな。『司書』は図書館の守り手だ。オレたちの役割は、これらの封印をより完璧にすること」

「もう充分、完璧に見えるけど……」

「場所が問題なんだ。見ての通り、書庫の中は無秩序に箱が散らばっている状態だ。これじゃあ、万一のことがあった時に、あっさり封印が解けてしまうかもしれないだろ」

「万一のことって？」

「たとえば……天井が崩れてきて瓦礫《がれき》が当たるとか、お前がすっころんで頭から突っ込むとか。まあその程度じゃこの箱は壊れやしないだろうけど、たとえばの話だ」

「うん、それで？」

「より完璧に封印するために、箱を地下の書庫に収める。それが『司書』の仕事だ」

「……それだけ？」

「ああ、それだけだ」ヴィサスはそう云って、手に持った箱をペルに差し出す。「さあ、これを持ってみろ。『司書』として記念すべき初仕事だ。ほら、ランプはオレが持っといてやるから」

ヴィサスはランプを受け取り、代わりにペルは箱を受け取った。

それはずっしりと重く、両手で抱えなければならなかった。大きさもかなりのもので、身体の小さいペルと比べると、箱の方がより大きく見える。

「ちょ、ちょっとこれ、重たすぎるよ」

「弱っちいやつだなあ」ヴィサスが呆《あき》れ顔で云う。「本を載せて運ぶ棚があるから、それを使おう」

二人は書庫を出て、大広間に戻った。

ヴィサスが何処からともなく棚台車を運んでくる。車輪のついた棚で、鉛色の箱を十個は載せられそうだった。

「とりあえず今回は一個だけでいい。それじゃあ、地下に運ぶぞ」

ヴィサスが地下へ通じる扉を開けた。

すると扉の向こうから強い風が吹いて、ペルの横を駆け抜けていった。身体が押されるほどの風だ。

扉の先には暗い通路があるだけ。しかし空気のざわめく音や、風の流れなどから、通路がはるか深い場所まで続いていることが窺えた。まるで底なしの井戸のように
——

「先に云っておくけど、地下書庫までの道のりは相当長いからな。往復で二時間かかると思っていい」

「そ、そんなに？」

「ああ。途中で小便したくなってもできないぞ。今のうち済ましておけよ」

「う、うん、大丈夫」

棚台車を押しながら、通路に入る。

周囲の温度が一気に下がった。足音が反響し、通路の奥に消えていく。天井が高く、通路幅も広いので窮屈さはあまり感じないが、今まで見てきたどの場所よりも無機質な印象で、まったく異質に感じられた。

「棚台車があれば楽なもんだろ？」ヴィサスが気楽そうに云う。「見た目ではわかりづらいが、通路は大きく螺旋《らせん》を描くように、地下へ下っているんだ」

確かに足元が少しだけ傾斜になっているようだ。行きは楽かもしれないが、おそらく帰りはそうもいかないのだろう。

ペルはふと、ランプで照らし出された床に、何か文字が書かれているのに気付いた。

「数字だよ。昔の『司書』が、地下書庫までの距離を記したんだろう」

「あとどれくらいって書いてあるの？」

「さあな、単位がよくわからない。でも経験からすると、まだ十分の一も歩いてないぜ」

気が遠くなりそうだ。

もし一人きりだったらと思うと――ペルはあらためて闇の深さに恐怖を覚える。今までの『司書』たちはみんな、この闇をたった一人で歩いて往復したのだろうか。とても信じられない。

「ねえ、ヴィサス……なんで僕たちはこんなことしなきゃいけないの？」

「これが『司書』の仕事だからだよ」

「僕は……なりたくて『司書』になったわけじゃないのに」ペルは声を絞り出すようにして云う。「誰かに勝手に決められて……こんな意味のわからないことさせられて……一体なんだって云うんだよ」

「それじゃあ聞くけど、『司書』になる前のお前は何者だった？　なんのために生きてた？　何か一つでも意味のあることをやってたのかよ」

「……うう」

何も云い返せなかった。

「泣き言は済んだか？　それなら歩け。どうせお前にはもう行く場所なんかないんだ。だったらオレについてこい」

ヴィサスはそっけなく云って、暗闇の中をどんどん先へ進んでいってしまう。ペルはその場に立ち止まることもできず、とぼとぼと彼女のあとを追った。

やがて果てしない通路の終わりが見えてきた。

突き当たりに巨大な扉が立ちはだかる。

「着いたぞ。この先が地下書庫だ。少し休むか？」

「ううん、大丈夫」

「へえ、そう」

ヴィサスはからかうような笑みでペルを見やってから、扉の取っ手をつかんだ。

ゆっくりと押し開く。

またしても通路だ。

けれど今までの通路とは違って、左右の壁に等間隔に、別の通路への入り口が見える。正面の通路が幹だとすれば、左右の通路は無数の枝だ。

「地下書庫は複数の区画に分かれていて、棚がいっぱいになった区画は封鎖される。今のところ二十五の区画が封鎖済みだ」

「空いている区画は、あとどれくらい？」

「わからない。まだ封鎖されていない区画自体は百以上あるが、それぞれの区画が現在どれくらい埋まっているのか把握できてはいない」

ヴィサスの先導で、ペルは幹通路から枝通路の一つへ入っていく。

枝通路はそこからさらに樹状に枝分かれしていた。

「迷子になりやすいからな。はぐれるなよ」

ヴィサスは細い通路へ入っていく。

すると今度こそ、左右に棚が並ぶ書庫にたどり着いた。ここが終着点のようだ。棚にはすでに半分近く、整然と箱が収められていた。

ペルは棚台車から箱を取り、棚の空いているところにそれを収めた。

「ごくろうさま」ヴィサスが云った。「これが『司書』の仕事だ。簡単だろ？」

ペルはとっさに肯く。

実際、仕事そのものは何も難しくはない。

けれど——今まで一体、何人の『司書』が、どれくらいの時間をかけて、何個の箱をここに運び入れることができたのか……その膨大な時間と労力を考えると、とても簡単な仕事とは思えなかった。

5

数日が過ぎた。

ペルは初日以来、地下書庫には一度も行っていない。それよりも図書館での生活に慣れるのに手一杯だった。貯水池から水を運んできたり、野菜の栽培の仕方を習ったり、自分用の個室を用意したり、洗濯、掃除、木の実集め……図書館での暮らしは、やらなければならないことがあまりにも多く、生きていくだけでも一苦労だ。それでも、村でこそこそと暮らしていた頃よりは、充実感に満ちていた。生活に窮しているという状況はさほど変わっていないのに、図書館での暮らしの方がはるかに生を実感できた。

すべてはヴィサスのおかげだ。

彼女がいなければ、きっとここでの日々はもっと暗く寂《さび》しいものになっていただろう。それどころか、すでに野垂れ死にしていたかもしれない。

ヴィサスと一緒に食事をするのが、ペルにとって何より楽しい時間だった。彼女は自分の作った料理について、自慢げにいろいろなことをペルに話して聞かせた。ペルがおいしそうに料理を食べると、普段は怒ったような顔ばかりしているヴィサスが、照れたように笑う。その笑顔を見るのが、ペルの幸せだった。

気づいた時には、ペルはヴィサスのことが好きになっていた。

それからさらに数日が過ぎた。

ペルはあれからまだ一度も、『司書』としての仕事をできずにいた。

生活にも慣れて、時間の余裕もできてきたが、書庫に身体を向けようとすると、途《と》端《たん》に足が重くなる。

ペルはまだ、『司書』の仕事に対して納得したわけではなかった。むしろ知れば知るほど、『司書』のことも、図書館のことも、わからなくなっていく。確かに今まで図書館について多くのことを誤解していたが、『司書』として建物を訪れた今となってなお、何一つ正しい答えを与えられてはいないのだ。

この図書館は誰がなんのために建てたのか……

そして『司書』とはなんなのか……

ある日、ペルは貯水池から帰る途中、木陰で本を読んでいるヴィサスを見つけた。彼女のところへ近づき、隣に腰かける。

「前から気になってたんだけど……」

ペルが口を開いた。

「何？」

ヴィサスは本から顔を上げて、ペルを見返した。

「箱を運ぶ仕事……ヴィサスは一度も行ってないよね？」

尋《たず》ねると、ヴィサスはとぼけるように首を竦めた。海からの温かい風がひと吹きして、頭上の松の葉がかさかさと音を立てる。

「オレは忙しいのさ」

ヴィサスは手元の本を示す。

「何か隠してる？」

ペルは食い下がる。

「隠すって、何を？」

「図書館のこととか、『司書』のこととか」

「ははっ、何も隠してねえよ。まあ、まだ云ってないことならたくさんあるけどな」

「云ってないこと？」

「たとえば……前任の『司書』のこと。聞きたいか？」

「うん……」

「退屈な話だぞ」

「いいよ」

「彼女は──年齢は二十歳で、綺麗な人だった。川に流されたオレを救ってくれて、ここでの生活のすべてを教えてくれた。もちろん『司書』の仕事についてもな。オレがあの人と一緒に暮らしたのは、最初のたったひと月だけだ。彼女はある日、突然墓場で穴掘りを始めた。誰かの骨でも掘り返すつもりなのかと尋ねると、彼女は首を小さく横に振るだけだった。穴の意味がわかったのは翌日のことだ。彼女は寝床で息を引き取っていた。病気だったんだ。身体が弱っていた。オレは彼女が作った穴に彼女を埋葬した。もっと早く彼女のことに気づいてやればよかったと今でも後悔してる……」

　ヴィサスは森の何処か遠くを見つめる。彼女が時々、そういうしぐさをする癖があるのを、ペルは知っていた。

「『司書』について、他に何か教わったことは？」

「残念ながら、仕事についてだけだ」

「本当にそれだけ？」

『司書』はそれだけの存在なんだよ。納得できないって? ああ、オレだってそうさ。毎日毎日、上から下に律儀に箱を運ぶあの人の姿を見て、なんのためにそんなことをしなきゃならねえんだって、つくづく思ったよ。なんていうか……とても見てられなかった。気の毒だったよ。それでオレは、少しでも『司書』のことを知るために、図書館のあちこちに散らばってる本をかき集めて読んだり、島中の石碑を調べて回ったりした。それでわかったことは——結局、『司書』は箱を運ぶだけの存在でしかないってことだ。真実はそのまま、何も隠されずに目の前にあったのさ」

「それにしたって……目的は？　『司書』はどうして箱を運び続けるの？」

「恒久的な保管——そういう言葉が、図書館の落書きや、石碑とかによく出てくる」

「コウキュウ……？」

「つまり未来まで変わらず、ずっと保管し続けるってこと」

「それじゃあ、やっぱり……この図書館は世界中の本を集めて、未来に遺《のこ》すために造られた建物だったんだよ。『司書』はそれらの本をずっと保管する役目を負っていた——」

「うん、ペルにしては上出来なまとめだな」

「あまりにも長い時間が経《た》ちすぎて、『司書』たちはいつしか目的を忘れてしまったんだ。それでも自分たちのやるべきことだけは忠実に伝え続けた。その結果、僕たちには理解のできない行動だけが、形として残されたままになった」

「まあそんなところだろう」

「でもそれなら、もっと大勢の人間で図書館を管理すればいいと思わない？」

「この時代に何処からそんなに人を集めてくるんだよ。それこそ昔はもっとたくさんの人がいたかもしれないけどさ」ヴィサスは片手を広げて云う。「村から『司書』が捧げられるようになったのも、もともとは人手不足が原因じゃねえかな。それがいつしか、土着の信仰と結びついたってわけだ」

ヴィサスはその時ふと、何かに気づいた様子で森の奥を見た。彼女のいつもの癖だろうとペルは思った。

「ところで信仰といえば」唐突にヴィサスが云った。「森の中の石碑に、こんなことが書いてあったぜ。なんでも、地下書庫の奥には『神々の書物』が眠っているらしい。その中には、たとえば氷河の氷さえ溶かす神の火について書かれた本もあったそうだ」

「氷を溶かす？」

ペルは村の北にある湖のことを思い出していた。

湖の凍結は村の死活問題だ。もし『神々の書物』の存在が村に伝わっていたとしたら、湖を溶かす本は当然、信仰の対象になっていただろう。

「似たような話が図書館の壁にも彫られてるんだ」

ヴィサスは本を片手に立ち上がると、ペルの手を引いて図書館へ向かった。

入り口から東側に移動して、建物の壁を見上げる。ヴィサスの云う通り、そこには数行の文字が刻み込まれていた。

ヴィサスがそれを読み上げる。

神々の力、この地に永久に閉ざす

図書館、その上に建てるもの

「ここに書かれていることが正しいのだとしたら、まず先に『神々の書物』があって、地下にそれを封印したうえで、あとからその上に図書館を建てたってことになるね」

ペルは驚いて云う。まさか地下書庫と図書館が別々に造られたものだったとは。

「『神々の書物』なんて、そもそも存在しないと思うけどね」ヴィサスは皮肉っぽい笑みを浮かべて云う。「そんなものがあるなら、村はもっと裕福だったはずだぜ」

「でも封印されているから、今まで誰も手を出せなかったのかもしれないし……」

「そんなことよりペル、そろそろ夕食の準備を始めようぜ。水、沸かしたのか？」

「あ、まだだった」

「早くしろよな」

ペルとヴィサスは駆け出すようにして、図書館へ入っていった。

6

その夜、ペルは寝床に入る前に、ヴィサスの部屋を訪ねた。

「なんだよ、眠れないのか？」

ヴィサスは床に寝転んで本を読んでいた。部屋中に本が積み上げられている。石碑の写しや、石板のようなものまであった。

「一つ、聞きそびれたことがあったから……」

「何？」

「『司書』の仕事をしないのは、どうしてなの？」

「……お前もしつこいなあ。オレが仕事サボってるのがそんなに気に入らないのかよ」

「そうじゃなくて」ペルは床に目をさまよわせる。「何か理由があるんでしょ？　たとえば……病気とか……」

「ははは」ヴィサスは突然笑い出した。「そっか、オレのこと心配してくれてんのか。オレが前任の話をしたから」

「……病気じゃない？」

「ああ、見ての通り健康だよ」

「それじゃあ、どうして？」

「云ったろ。決められた『司書の仕事』なんて、まったくくだらないね。そんなもんにオレは付き合うつもりはねえよ」

「えっ……」

「『司書』の仕事に従順に尽くして、結局報われずに死んでいった前任者を目の当たりにして、オレは悟ったんだよ。こんなもん繰り返してるだけじゃ、なんにもならねえって。だからこうして、千年の呪《のろ》いを断ち切る方法を探してる」

ヴィサスは近くの石板を示すように、こつこつと叩いた。

「千年の呪い――」

「あるいは一万年、十万年……それよりもっとかもしれない」ヴィサスは冗談めかして云う。「一応、代々の『司書』たちに敬意を表して、伝えるべきことは次の『司書』に伝えたぜ。オレの仕事はそれで終わり。お前がどうするかは、お前自身で決めろ」

「僕は……ヴィサスの望むことをしたい」

「ははっ、なんだよそれ」彼女は照れ笑いを浮かべて、さりげなく顔を逸らした。

「今日はもう寝ろ。こんな夜中に、女の子の部屋に長居するもんじゃねえ……でしょ」

「え？　なんて？」

「なんでもねえよ！　早く出ていけ」

ペルは慌てて部屋を飛び出した。

村を追い出されて以来、ペルは自分に背負わされた運命を受け入れるために、図書館や『司書』について調べ、納得できる答えを求め続けてきた。しかし考えてみれば、無理やり押し付けられた運命であって、納得する必要などなかったのだ。受け入れようと考えた時点で、心は死んでいた。

けれどヴィサスのおかげで、ペルは自分を取り戻すことができた。結局最後に信じられるのは、愛すべき人の言葉だった。

図書館と『司書』——この呪いは断ち切らなければならない。

けれど……どうやって？

ペルは寝床に横になって、ヴィサスのことを考えているうちに、眠りに落ちていた。

肩を揺さぶられる感覚で目を覚ました。

すると目の前にヴィサスの顔があって、ペルは思わず驚きの声を上げた。まだ夢の途中なのだろうか。それとも……

「静かにしろ、ばかっ」

ヴィサスが小声で云って、ペルの口を手で塞《ふさ》ぐ。

「ん、んー？」

「廊下で物音がしたんだ。こっそり覗《のぞ》いてみたら、人影が角に消えていくのが見えた」

「人影？」

塞がれていた口が解放され、尋ねる。

「二人……いや、三人くらいいたかも」

「誰が？」

「知らねえよ」

「誰かが図書館の中を歩いていたってこと？　でもこの島には、他には誰も住んでいないんだよね？」

「ああ、誰も住んでない」

「ということは……まさかエイオレカスヴォ？」

「エイオレカスヴォってのは、顔がないかわりに、でかくて丸い口が顎《あご》の下辺りで発達しているんだ。少なくともオレが見た影には、そんな口はついてなかった」

「それじゃあ……」

答えを探したが見つからない。

「とりあえず追いかけてみよう。あいつら書庫の方に向かったみたいだ」

ヴィサスに腕を引かれるようにして、ペルは部屋を出た。

注意深く周囲を見渡す。廊下に明かりは灯《とも》っておらず、ほとんど真っ暗だ。まだ夜も明けていないらしい。

「今までにもこういうことがあった？」

「ねえよ」ヴィサスは小声で返す。「でもいつかはこういうことになる気がしていた」

廊下の角から頭だけ出して、先を確認する。

誰もいない。廊下の奥には二つの扉。書庫と地下に続く扉だ。扉は閉まったままで、特に異変は見受けられない。

「誰もいないけど……ほんとにこっちに来たの？」

「それ以外考えられない」

「どうして？」

「ちょっと考えればわかるだろ？　あいつらきっと、書庫にあるものを盗むつもりなんだよ」

「ええっ」

「声がでかい」

「どうしよう？」

「もう盗まれたあとかもしれない。あるいは別の場所へ行ったのかもな……とりあえず書庫を確認しておこう」

ヴィサスが右の扉に手をかけようとする。

「待って、ここは僕が先に」

勇気を出してヴィサスを遮ろうとした瞬間――
扉が勝手に開いた。
向こう側から誰かが開けたのだ。
戸口に現れたのは、ランプの明かりに照らし出された、男たちの驚いた顔。
一人、二人、三人……
見覚えのある顔ばかりだった。
すると一人の男が廊下に素早く躍り出て、近くにいたヴィサスの背後に回り込んだ。
彼女の首に腕を回し押さえ込む。
ヴィサスは小さな悲鳴を上げた。
彼女の首筋で何かが光る。
刃物だ。
「久しぶりだな、ペル」
ヴィサスを背後から押さえ込みながら、男が云った。
あのいやらしいにやにや笑い……
フォウッカだ。

ペルを川に放り投げた男。

「まさか生きていたとはな、泣き虫ペルクリー。しかもずいぶんと元気そうじゃねえか。女と仲良くできて楽しかったのか？」

「フォウッカ……どうしてここに」

ペルは震える声をかろうじて絞り出す。フォウッカには村でさんざんいじめられてきた。彼にされた仕打ちが、痛みを伴って、まざまざと記憶に蘇《よみがえ》ってくる。

「お前ら、ここに珍しいものを隠しているんだろ？」

「珍しいもの……？」

「『神々の書物』――氷も溶かす神の火の本だ。何処に隠している？　正直に云えば女は返してやる」

フォウッカの目は正気とは思えないほど、瞳孔《どうこう》が開ききっていた。

「そ、そんなもの、何処にあるかわからないよ。そもそも本当にあるかどうかも……」

「隠したって無駄だ。お前らがそれを持ってるってことはわかってるんだ」

「彼はここに来てまだ日が浅いから知らないんだ」ヴィサスが口を開いた。「神の火の本なら、オレが隠し場所を知っている」

「それなら案内しろ」フォウッカはヴィサスを小突くようにして背後から促す。「おい兄弟、どっちか一人、ペルをここで見張ってろ。もう一人は俺についてこい」

フォウッカが仲間の男たちに指示を出す。男たちはそれぞれ手斧《ておの》を見せびらかすように持っていた。

ヴィサスを先頭に、男たちが書庫へ消えていく。

「ヴィサス！」

ペルは彼女に呼び掛けた。反応はなかった。扉が閉まり、男一人とペルが廊下に残された。

ヴィサス……

どうしてこんなことになってしまったのだろう。

フォウッカが何故『神々の書物』のことを知っているのか。

少なくとも村に伝わる話の中に、『神々の書物』なんて言葉は出てきたことがない。ペルも今日初めて、ヴィサスの口からその言葉を聞いたばかりだ。

今日初めて……？

まさかフォウッカたちもあの場にいたのか？

あの時、彼らはすぐ近くの森の中にひそんでいて、ヴィサスとの会話を聞いていたのではないだろうか。

「もしかしてお前たち、昼間から島に来ていたのか？」

ペルは見張りの男に尋ねる。しかし彼はとぼけた顔を返すだけで、何も云わなかった。

彼らが石碑の文字を読めるはずがない。

だとすれば、やはり彼らは昼間から島に渡ってきていたのだろう。

なんのために？

頭を悩ませていると、扉が開いてヴィサスたちが戻ってきた。

フォウッカの仲間の男が、鉛色の箱を抱えていた。

あれが……神の火の本なのか？

見た目は他の箱と変わりない。

「兄弟、引き返すぞ」

フォウッカが男たちに命令する。彼らはぞろぞろと廊下を移動し始めた。

ヴィサスはまだフォウッカの腕の中だった。刃物を突きつけられているので抵抗できない。死を覚悟したような彼女の瞳《ひとみ》が、あの時の小鹿の目とそっくりだった。

「フォウッカ！」ペルは勇気を振り絞って、声を上げた。「ヴィサスを放せ！」

フォウッカは廊下の途中で振り返り、にやにや笑いを浮かべた。ランプに下から照らし出されたその顔は、不気味を通り越して滑稽《こっけい》だった。

「取り返したければ、かかってこいよ」彼はぞっとするほど低い声で云った。「泣き虫ペルクリー、お前にはできないね――」

フォウッカがそう云い終わらないうちに、ペルは彼目がけて走り出していた。

すぐに刃物を持った右腕につかみかかる。予期せぬ抵抗に動揺したフォウッカは、少しうしろによろけて、体勢を崩した。

ヴィサスを拘束していた腕がついにほどけ、彼女は転げるようにしてその場を離れた。

ペルは死んでもフォウッカの腕を放さないというつもりでしがみつく。

しかしその判断はよくなかった。

フォウッカは全力でペルを引き剝がそうとして、思い切り腕を振り抜いた。

その時、刃物の先がペルの胸を真横に切り裂いた。

廊下の壁に、血痕《けっこん》が点々と飛び散る。

フォウッカはペルの気迫に怯《ひる》み、廊下の先へ逃げ出した。他の二人の男たちもそのあとを追いかけていった。

「ヴィサス、神の火の本が……！」

「そんなことより、血を止めないと！　ペル」

そう云われて、ペルは自分の胸から真っ赤な血があふれ出していることに気づいた。

驚いたような顔でヴィサスを見返す。

「大丈夫、大丈夫だ、ペル。オレが治してやる。医療の本もあるんだ、なんとかなる。だから死なないで、ペル！」

薄れていく意識の中、ヴィサスの腕に抱かれている感触だけは、最後まではっきりと感じ取ることができた。

7

雨――

雨の音に気づいて、ペルは目を覚ました。

大広間だ。雨音は入り口の方から聞こえてくる。

すでに夜は明けたようだが、雨空のため薄暗い。

首だけ起こして、胸の傷を見ると、しっかりと包帯が巻かれ、出血も止まっていた。ヴィサスがうまくやってくれたようだ。

ヴィサスはペルのすぐ隣で丸くなって眠っていた。彼女の周りには、血のついたハサミや糸、包帯などが散らばっている。それらが彼女の孤独な奮闘を物語っていた。

ペルはゆっくり立ち上がり、外を覗いた。

細い雨が森に降り、空気を煙らせている。

フォウッカたちの姿を探したが、当然いるはずもなかった。

ヴィサスの方へ引き返すと、ちょうど彼女が目を覚ますところだった。

「あ、ペル……もう動いても平気か？」

「うん、ありがとう。また君に助けられた」

「弱っちいのに無茶するからだぞ」ヴィサスは笑って云った。「オレを守れるくらい、強くなってくれよ」

「……うん」

ペルは壁に背中を預けるようにして、その場に座った。するとヴィサスが近づいてきて、同じように隣に座った。

「神の火の本、盗まれちゃったけど……」

「あれは書庫の棚にあったやつを適当に抜き出して渡しただけ。そもそも『神々の書物』なんか見たこともない」

「やっぱりそうなのか……でも盗まれたあの箱だって、本来なら僕たちが地下で保管しなければならないやつだよね。大事なものが盗まれてしまったことには変わりない」

「あいつら、けっこう前からオレたちがこの島で生き続けていることに気づいていたようだ。川岸を歩いているオレたちを目撃したんだって。ほら、ペルがここに来て間もない頃、一緒に川を見に行った時だな。それからあいつら、ちょくちょく島に来ては、オレたちの行動を観察してたらしいぜ」

「一体なんのためにそんなこと……」

「死んでるはずのオレたちが、まだ生きているのが不思議でしょうがなかったんだろう。島に何か秘密があると考えたんじゃないか？」

やがて彼らは『神々の書物』の話を聞きつけ、書庫を襲撃したというわけだ。

「あいつら、神の火の力で湖の氷を溶かすって云ってたぜ」

「湖の氷がまだ溶けてないの？」

「らしいな。気候が大きく変わる時代に入り始めているのかもしれない。そのうち、一年中世界が氷に閉ざされることになるだろう」

「神の火の本が本当にあったらいいのにね」

ペルは呟《つぶや》きながら、高い天井を仰いだ。

しばらくそうしていると、ふと肩に重みを感じた。見ると、ヴィサスがうとうとしながら、もたれかかってきていた。ペルはそのまま動かず、じっと雨音を聞き続けた。


異変に気づいたのは、二日後だった。

村からのお供えが途絶《とだ》えた。どんなことがあっても週に一度必ず流れてくるお供えが、予定の日になっても流れてこなかった。

それから一週間後。

やはりお供えは流れてこなかった。

「村で何かあったのかもしれない」

ヴィサスが青ざめた顔で云った。彼女がそんな顔をするのをペルは初めて見た。ただならぬ事態が起きているのは間違いなさそうだった。

「川の状況を見て、もし渡れそうなら村へ行ってみよう」

翌日、ペルとヴィサスは川まで移動した。

その日は水量が少なく、流れも穏やかだった。

二人は肯き合って、互いの決意を確かめたあと、しっかりと手を繋ぎ、川を歩いて渡り切った。

ペルが村に戻るのは、約二ヵ月ぶりだった。ヴィサスにいたっては約二年二ヵ月ぶりだ。それでも二人とも、村までの道のりは忘れてはいなかった。

やがて村の入り口が見えてきた。

異様な状況は一目で明らかだった。

村の入り口近くで、二人の男女が抱き合うようにして倒れていた。二人とも死んでいた。死後数日は経っているらしく、肌が黒っぽく変色していた。

他にもいたるところに屍体《したい》が転がっていた。ペルの叔父も、知り合いも、知らない者も、みんな死んでいた。死に方は様々で、悶《もだ》え苦しんだ様子の者もいれば、眠ったまま死んだような者もいた。血を吐いて倒れている者もいた。鶏《にわとり》や犬も死んでいた。全員死んでいた。

村は全滅していた。

見たところ外傷を負っている者は一人もいなかった。少なくとも戦争や殺し合いがあったのではないようだ。

フォウッカも死んでいた。彼は自分の家で、椅子《いす》に座ったまま机に突っ伏して息絶えていた。

「ペル、見て」

ヴィサスが机の上を指差す。

そこには見慣れたものが置かれていた。

鉛色の箱——

フォウッカたちが書庫から持ち出したものだ。しかし、ペルの知っているそれとは、明らかに形状が異なっていた。

箱の蓋が開いていた。無理やり開けたらしく、あちこちに刃物を打ちつけたような跡が残されている。

箱の外装は思ったより分厚く、その分、中の空洞はかなり狭くなっていた。本が一冊分、入る程度だろう。

しかし箱の中身は空っぽだった。

誰かが持ち出したのか。

それともフォウッカ自身が、別の場所で蓋を開けて中身を取り出し、外装だけを家に持ち帰ったのか。

「どうする？　箱の中身がないみたいだけど、一応持ち帰る？」

ペルが尋ねる。

ヴィサスは首を横に振った。

「やめておけ」

「えっ？　いいの？」

「ああ、これでいい」ヴィサスはペルの手を引いて村の入り口へ急ごうとする。「ここにはあまり長居しない方がよさそうだ」

二人は村を出た。

図書館に戻ってきて、ペルはあることに気づいた。

建物の入り口近くに建てられている石碑の前で立ち止まる。

「ねえ、ヴィサス。ここに書いてある文字、読める？」

「ああ。もちろん。ええと……『オンカロ計画のため、政府は――』」

「ううん、そこじゃなくて、もう一つ下の段。これ、ここの文字」

「これがどうかしたの？」

「フォウッカが持ち出した箱の蓋の裏に、おんなじ文字があったんだ。これと同じ文字を、あちこちで見る気がするけど……」

「オレにもこれは読めない。文字じゃなくて、何かを表す記号らしい」

ペルとヴィサスの二人は、その奇妙な記号《マーク》を見つめた――

今夜の月はしましま模様？

1

月面に謎の巨大結晶状物体が飛来してからひと月——地球から見て月の上半分は肉眼でもわかるくらいしましま模様になっていた。

全長およそ二百キロ、幅最大で六十キロ、両端が鋭く先細りしたその結晶状物体は、宇宙の彼方《かなた》からやってくるなり月面に突き刺さり、地表の岩石を削り取りながら移動を始めた。出発地点は月の北西に位置する『虹の入り江』辺り。そこから東へ時速千キロ前後の速度で、深さ数千メートルの溝《みぞ》を刻み込んでいった。時々物体が消えたように見えたが、それは月の裏側に回り込んでいるからだった。その物体は少しずつ南側にずれながら月の表面をぐるぐると周回移動していた。

そうして月はしましま模様になっていった。

アメリカは物体の調査をするため、月へ向けて探査機を飛ばすと同時に、有人探査計画を発表した。ロシアと中国がそれに続いた。その他の先進国では地上からの観測が行われ、結晶状物体の解析が進められた。

物体の主な成分は炭素であり、未知のフラーレン構造体であることが判明した。すなわち『ダイヤモンドに近い何か』であり、ダイヤよりもはるかに硬い物質である。その物体の飛来が、異星人による攻撃なのか、それとも天体現象の一種に過ぎないのか、識者の間でも意見が分かれるところであった。物体はただ月面に溝を掘り続けるだけで、それ以上の動きは見られない。

日が経《た》つにつれ、異星人説を唱える声は次第に小さくなっていった。仮に異星人による攻撃だとしたら、月をしましま模様にすることになんの意味があるのか。あるいはリンゴの皮を剝《む》くように、月の地表を削り続けて、最終的には芯《しん》に至るまで削り取ることが目的ではないかという説もあったが、それを示す根拠は何もなかった。

結論としては、珍しい形状の隕石がたまたま月に飛来し、特殊な条件が重なった結果、月面を擦る形で衛星軌道を描き続けている、とされた。

いずれ摩擦の影響で物体の運動は止まるだろう。

各国政府が同時に見解を発表した。

現在までに地球に大きな影響はなく、潮汐《ちょうせき》に目立った変化もない。強《し》いていえば満月時の明るさが十パーセントほど落ちたことが、もっとも大きな変化だった。

この世の終わりかと月を見上げていた人々も、やがて夢から覚めたような顔で、もとの日常生活へと戻っていった。

そしていつもと変わらない夏が終わり、いつもより少しだけ暗い十五夜が過ぎた。

2

月がしましま模様になっても、仁科佳月《にしなかづき》の日常は何も変わらなかった。

佳月は大学に通うため、この春に地元を離れ、小さな町へ引っ越した。山に囲まれた箱庭のような町だ。都会から遠く離れてはいたが、道も建物も小綺麗《こぎれい》に整っている。鉄道会社が線路の終端《しゅうたん》に建てたニュータウンの一種で、必要な施設を一通り並べて揃《そろ》えたような、人工的な町だった。

佳月はその町で、大学とアルバイト先の喫茶店と学生アパートを行き来する毎日を過ごしていた。同じような日々の繰り返し。彼は時折、深刻なデジャヴュに襲われることがあったが、そっくりな建物が延々と通りに立ち並ぶこの町では、別段珍しい現象でもなかった。この町では誰かがいつもデジャヴュを感じている。

その日、佳月はいつものように、昼休みに大学の食堂へ向かった。

席はまばらに埋まっている。学生たちが仲間同士集まってお喋《しゃべ》りしていた。佳月は彼らを避けるように、空いている席に座った。

一人でカレーライスを食べていると、離れた席にいる学生たちの会話が耳に入ってきた。

「昨日からずっと頭の中でおんなじ曲がループし続けてるんだよね」

女子学生が云《い》う。

「あー、あるある」

「しかも何処《どこ》で聴いたかもよくわからない微妙な曲なんだけど……なんの曲だっけこれ。講義中もずっとでさあ、全然集中できなくって。なんとかなんない？」

「びっくりしたら止まるんじゃない？　驚かしてあげよっか？」

「それはしゃっくりの止め方でしょ」

「あ、じゃあカラオケでも行く？　歌っているうちに忘れるでしょ」

「いいねー。講義終わったら行こう」

他愛《たわい》もない会話だ。

この時は気にも留めなかった。

しかし大学からの帰りに立ち寄ったコンビニで、カップルがまったく同じような会話をしているのを聞いた。

「この曲なんだっけ？」若い女が短いフレーズを口ずさむ。「さっきからずっと頭の中で繰り返し流れてるんだけど」

隣にいた男は首を傾《かし》げるだけだった。

佳月も、その曲を聴いたことはなかった。

「せめてなんの曲かわかればなあ」

頭の中で特定の曲が繰り返される……その現象自体は、佳月も経験したことがある。英語ではそれを『イヤーワーム』と呼び、ある研究機関の調査によると、九割以上の人がこの現象を経験したことがあると答えたという。たとえばテレビのCMで流れる印象的な曲がいつまでも頭の中に残ったり、好きな曲が頭から離れず延々とリピートしたり。

誰にでも起こり得ること——そう考えると別に大した話ではない。しかし立て続けにそれを体験している人とすれ違うというのは珍しい。それともこれもデジャヴュの一種だろうか。

佳月はそれ以上深くは考えなかった。アルバイト先の喫茶店で働いているうちに、そのことは忘れた。

それからアパートに帰って、テレビを見ながら横になっているうちに眠り込んでいた。

「おーい、そろそろ起きたらどうだ」

何処からともなく声が聞こえて、佳月は目を覚ます。

はっとしてベッドから身体《からだ》を起こし、ワンルームの狭い部屋を見渡した。カーテンの隙間《すきま》から朝の陽射《ひざ》しが零《こぼ》れていた。

誰もいない。

当然だ。大学生になってからずっと一人暮らしをしている。

テレビがつけっぱなしだった。昔の刑事ドラマの再放送が流れている。さっきの声は、ドラマの台詞《せりふ》だろうか。

佳月はとりあえずそう解釈して、テレビを消し、再びベッドに潜り込もうとした。

「寝るなって、起きろ。スマホ買いに行こうぜ」

佳月は飛び起きる。

テレビを消したはずなのに声がする。

声は間違いなく室内から聞こえてきた。しかし人の姿はなく、誰かが隠れられるようなスペースもない。

「誰だ……？」

虚空《こくう》に向けて、恐る恐る尋《たず》ねる。

「机の引き出しの中」

声が応じた。

佳月は周囲を見回す。なんの冗談だ？　何処かにカメラでも隠してあって、反応を見て楽しんでいるのだろう。でも誰が？　そういう悪戯《いたずら》をしそうな友人はいない。そもそもこの町に友人など一人も……

佳月は机の引き出しを開けた。

文房具が雑多に並べられている。特に変わったところはない。カメラでも隠してあるのではないかと探っていると、奥の方から小型のポータブルラジオが出てきた。

「当たり」

ラジオが喋った。

その声は間違いなくラジオのスピーカーから発せられたものだった。

しかしラジオが喋るのは当たり前だ。これは受験勉強の時によく使っていたもので、深夜の寂《さび》しさを紛らわすのに欠かせなかった。音の死に絶えた夜には、ラジオの向こうで誰かが喋っているということに救われたりするものだ。

　何かの拍子にスイッチが入ってしまったのだろうか。それにしてもおかしなことを喋るラジオ番組だ。

　佳月は何気なくラジオを手に取って、電源のスイッチを確認してみた。

　スイッチはオフになっていた。

「なんだこれ……」

　思わず呟《つぶや》く。

「わかりやすく説明すると、わたしがこの機械を乗っ取ったんだよ」ラジオが喋る。

「残念だったな、人間」

　佳月はラジオの底にある蓋《ふた》を開けて、電池を抜いてみた。

「無駄だよ。この機械を動かすのに充分なエネルギーをわたしは持っている。粉々に壊しでもしない限り、わたしは喋り続けることが……」

　ラジオがそこまで喋ったところで、佳月はそいつを振り上げて、床に叩《たた》きつけようとした。

「わーっ、待て、待て。壊すな。そんなことしたら、次にお前を乗っ取らなきゃいけなくなる。お前だってそんなの嫌だろう？」

「俺を乗っ取る？」

佳月は思わずラジオに尋ね返していた。

ふと思い返して、周囲に隠しカメラを探す。こんなの質《たち》の悪い悪戯に決まっている。

「シンプルに考えようぜ」ラジオが云う。「誰もお前のことなんか試そうとはしない。そうだろ？　だったらラジオが喋ってるって事実を認めるしかない」

佳月はラジオを机の上に置いて、ベッドに戻った。

頭を抱える。そうしている間も、ラジオは何か喋っていた。男性とも女性とも判別しがたい声だ。これが普通のラジオ番組だったら、途中でＣＭや曲紹介が入るところだが、そういうのは一切なかった。

孤独な学生生活を続けたせいで、とうとう妄想の話し相手を生み出してしまったのか？　これは病気の一種だろうか。

ともかく、ラジオが話しかけてきているという事実については認めるしかない。

「認めよう」

佳月は自分に云い聞かせるように口に出した。とりあえず話を合わせてみるしかない。

「話が早い。それじゃ早速、スマホを買いに行こうぜ」

「……何故《なぜ》スマホを欲しがる？」

「こんな原始的な機械の中にいるより、居心地よさそうだからな。ちなみにお前が持ってるその古臭《ふるくさ》い折《お》り畳《たた》みケータイは勘弁してくれよ。ださくて泣きたくなる」

見た目でいえば、ケータイもポータブルラジオもそれほど差がないように思えたが、佳月はあえて反論しなかった。

「さっき『乗っ取った』って云ってたけど、お前は——幽霊なのか？」

「いや、お前らから見たら同じようなものかもしれないが……厳密に云うと、わたしは異星人だ」

「異星人」

「そう、地球を侵略しに来た」

佳月はラジオを手に取ると、床に叩きつけようと振り上げた。

「待て！　なんでこのタイミング？　話を聞け、話を」

「地球を侵略しに来たのなら、阻止しなきゃならない」

「わたしを壊して終わりって、そんな簡単な話じゃないぜ。地球の単位で七百三十四時間前からすでに侵略は始まってるんだよ。ほら、お前らが月と呼んでいる衛星に『針』が落ちただろ？　あれが合図だ」

「月をあんなふうにしたのはお前たちなのか」

「ちょっと調べれば、あの『針』が単なる衛星軌道ではなく、自律的に動いていることは明白なんだがな。どいつもこいつもごまかされやがって」

ネットではそういう噂《うわさ》が確かにささやかれていた。政府が結晶状物体について情報を隠蔽《いんぺい》しているという話だ。しかし陰謀論に過ぎないとして、まともに取り合う人は少なかった。

もしも月に起きている出来事が、このラジオの云う通り異星人による侵略の一環なのだとしたら、大変な新事実だ。

「異星人だって云うなら、証明してみせてくれ」

「電源の入ってないラジオが喋ってるだけじゃ、証明にならないっていうのか？　地球人は懐も見識も狭いなあ。太陽系みたいに狭いよ」

「は？」

「これ、エイリアンジョーク。証明にならない？」

「ならない」

「あ、そう」ラジオはしばらく沈黙してから、続けた。「じゃあ、こんなのはどう？」

するとスピーカーから、聞き覚えのある音が聞こえてきた。音楽というには短いけれど、とても印象的なフレーズ。

レ・ミ・ド・ド・ソ――

それは異星人とのファーストコンタクトを描いた映画『未知との遭遇』で、交信に使われた五音だった。

「からかうのはやめろ」佳月はラジオを掴《つか》み上げた。「なんで異星人がスピルバーグの映画を知ってるんだよ」

「侵略する星のことくらい下調べしてくるんだよ。侵略したことのないやつにはわからないだろうけど。それとも何か？　人差し指をくっつけ合うか？」

「何処に指があるんだよ」

「アンテナを伸ばせばそれっぽいぞ」ラジオは続けて云う。「なあ、こんなやり取り続けてても無駄だぞ。お前がどう思おうが、月で『針』は回り続けるし、地球は侵略され続ける」

「ひと月も侵略され続けてたら、さすがにニュースになってるだろう？」

佳月はテレビの電源を入れる。ドラマの再放送がまだやっていた。他のチャンネルに変えても、東京はもちろんニューヨークやロンドンにUFOがやってきたというニュースはない。

「そんなやり方は映画の中だけ。とてもスマートとは云えないな」

「はあ？」

「そもそもお前には、わたしのことがどう見えてる？」

「ラジオ以外のなにものでもない」

「それはわたしが入っているガワのことだろ。そうじゃなくって、中身の話」

「見たことないのにわかるわけない。おそらくタコみたいな気色悪い形してるんだろうけど」

「想像力の欠如だな、嘆かわしい。生き物に必ずしも姿形があると思うな。そんなものは三次元に投射されているただの影だぜ。この広い宇宙には、形のない生命体も存在する。そう、我々のような――」

「形のない生命体？」

「理解できないだろうからわかりやすく教えてやる。地球上の生命体が炭素をもとに構成されていることは当然知っているだろう。お前たちはそれを有機物と呼び、生物の基本的な形と考えている。だがそれが生物の絶対的な条件と考えるのは間違いだ。

生命体の基礎は、特定の原子にあるのではない。特定のパターンを持続するエネルギーにある」

「何を云っているのかよくわからない」

「たとえばDNAだ。アミノ酸をやり取りする二重らせんのリズムパターン。そのパターンの繰り返しによってお前たちは生きている。重要なのはリズムなのだ。たとえ無機物であっても、特定のリズムが維持される条件さえ整えば、その存在は生命体と何も変わらない。事実、プラズマ状態にある無機物の塵《ちり》が奇妙なリズムを作り出すとは、お前たちの科学力でも——」

「プラズマ?」

「我々のカタチについて説明するのに、もっとも近い言葉は、地球の文明程度ではそれ以外にない。だがもう少しイメージしやすい言葉ならあるぞ」

「何?」

「音楽」

「なんだって?」

「二重らせんを五線譜、塩基を音符に置き換えれば、そんなに難しい想像でもないだろ。我々の存在は、特定のリズムを持った振動としてお前たちに認識される。つまり我々は音楽のカタチをしている、と云い換えられる。云うなれば、知的音楽生命体といったところか」

「は？　音楽？　それじゃあ俺たちがＤＮＡのＴＡＣＧで構成されているみたいに、お前らは楽譜のドレミで身体ができてるっていうのか？」

「肉体というのは炭素生物に限った話で、生命体に必ずしも必要ではない」

「じゃあどうやってモノを考えて、どうやって喋ってるんだよ」

「それにはまず、お前たちが物質の状態について未知の部分を理解しなきゃならないが、今の文明程度じゃそれは無理だ。実際、一般的大学生のお前が知っているのは気体、固体、液体の三つだろ。他にもあるとは考えてもみないようだ」

佳月は反論しようとしたが、何も言葉が出てこなかった。少なくとも科学的な理解について、反論できるだけの知識を持ち合わせていない。

「我々が姿を現す際には、お前たちには音楽として認識される。広い宇宙にはそういう生命体もいるってわけだ。ここまでは理解できたな？　それじゃあスマホ買いに行こうぜ」

「やたらスマホにこだわるな……」佳月は腕組みしてベッドに腰かける。「スマホメーカーの勧誘か？」

「おい、急に冷めたこと云うなよ。今さらわたしの存在を疑うな。話が進まない」

「どう見ても侵略なんて始まってないじゃないか」

佳月は立ち上がり、カーテンを開け放して外を眺めた。いつもの陰鬱《いんうつ》な町の風景だ。町を襲うUFOや、逃げ惑う人々の姿などは、何処にもない。

「本当に始まってないと思うか？」ラジオの声が急に深刻な雰囲気になる。「月の『針』を見てもまだ、なんでもないと云えるのか？」

「あれはただの隕石だ」

「我々に乗っ取られた人間を見たことは？」

「ない」

「本当に？　我々に乗っ取られた人間は、外見は何も変わらないが、本人は我々の存在を強く感じることになる。たとえば頭の中で特定の音楽が繰り返し鳴り続けるとか、、、、、、、、、、、、、、、、

……」

佳月はその言葉を聞いて、はっとした。

そういえば昨日、『イヤーワーム』に直面している人を続けて見かけた。今にして思えば『イヤーワーム』という言葉も、エイリアンめいていると云えなくもない。

「心当たりがあるようだな。侵略はすでに始まっている。お前のすぐ身近なところで

な」

「乗っ取られた人間は……どうなるんだ？」

「最初のうちは頭の中で音楽が鳴っているだけだ。だが日が経つにつれ、音楽は大きくなり、鳴りやまなくなる。それが普通になってくると、次第に不快感がなくなり、音楽に身を委《ゆだ》ねるようになっていく。自我が薄くなってきた証拠だ。せいぜい四十時間程度で乗っ取りは完了する。乗っ取られた人間は、それまで通りの社会生活を無意識のまま送り続ける。その間、我々はそいつを三次元での活動に利用する。お前たちの言葉で云えば、『アバター』のようにね」

「それじゃあ、このままだと地球は……」

「近いうちに我々の占領下に落ちるだろう。静かなる侵略だ」

ラジオは事も無げに云う。

佳月は空に月を探した。もしかしたら月がしましま模様になっているということさえ、自分の妄想に過ぎなかったのではないか……それを確かめたかったが、朝の月は出ていなかった。

「……俺は？」佳月は眉間《みけん》にしわを寄せながら尋ねた。「俺はすでに乗っ取られて……ないよな？」

「どう思う？」ラジオの声がくすくす笑う。「冗談冗談。お前はお前のままだよ。だってお前の頭の中で音楽は鳴ってないだろ？」

「今までに何度か経験したことはある」

「それは地球にもともと存在している原始的な音楽生命体だ。単細胞生物なんかと一緒。たまたまお前の頭の中に入ってしまったんだろう。放っておけば出ていく」

「地球上にも音楽生命体がいるのか？」

「いる、なんてもんじゃない。あっちこっちにたくさんいるよ。もちろん我々と進化の程度を比べるべくもないが」

「もともと自然に存在する音楽生命体と、作曲家が作った音楽は別物なのか？」

「別物どころか、一緒だよ。結局のところそれが問題なんだけどな」

「問題？　どういう意味だ？」

「お前ら人間は有史以前から、我々の仲間を奴隷にしてきた。そして楽器というものを発明してからは、その悪魔の所業を加速させた。ベートーベン、モーツァルト、ブラームス――我々からすれば、彼らこそ侵略者だ」

「……は？」

「たとえば、ある惑星で人間とそっくり同じ姿形の生物が家畜として扱われていたとしたら、お前らはどう思う？　助けてやりたいと思うだろう？　それと同じことだ。恐ろしい悪魔たちによって生み出された同胞が、何百年間もずっと、人間たちによってもてあそばれ続けている。こんなことを許しておけるはずがない。お前ら地球の人間にとって、我々が行なっているのは侵略に見えるかもしれないが、我々にとっては仲間を救うための解放運動なのだ」

「なんだよそれ……まったく理解できない」

「そうだろうな。お前らは無自覚だ。そもそも我々が地球を目指すことになったきっかけは、お前ら自身が作ったんだぜ。それすら気づいていないんだろう」

「きっかけ？」

「一九七七年『ボイジャー計画』――お前らは金の円盤に我々の仲間を閉じ込めて、宇宙に放出した。我々はそれを見つけ、戦慄《せんりつ》した。地球上で奴隷として扱われ、すっかりやつれた同胞たちの姿が、そこにあったからだ」

ボイジャー探査機には、金メッキされたレコードが搭載されている。世界各国を代表する歌や音楽が収録されたものだ。地球外生命体に地球のことを知ってもらう計画だったらしい。

「まさかそれでお前たちは地球の存在を知って……？」

「そう、解放運動が始まった」

「具体的に何をするつもりだ？」

「世界中で今、同時多発的に、老若男女問わず頭の中で音楽が繰り返し流れる現象が起こっている。そうして我々は少しずつ人間を乗っ取って社会に紛れ込み、最終的には地球全体を支配下に置く。あらゆる社会機能が停止し、人類は滅亡することになるだろう」

「本当に……侵略は始まっているのか？」

「ああ、このわたしの存在が何よりの証拠だ」

「……そのことなんだけど」

「なんだ？　まだ納得できないのか」

「そうじゃなくて……お前はどうしてラジオの中なんかに入っているんだ？　話が本当なら、人間を乗っ取ってなきゃいけないだろ。それどころか俺に侵略の話をべらべらと喋りだして……」

「わたしはいつでもお前を乗っ取ることはできたんだぜ。むしろそうしなかったことを感謝してほしいくらいだ」

「できたのにしなかった？」

「そうだ」

「何故」

「——昨夜、わたしはお前に座標を定めて、この部屋を訪れた。お前を乗っ取るつもりだった。でもお前、テレビをつけっぱなしで寝ていただろ」

「それで？」

「テレビで映画がやっていたんだ。うっかりそれを観てしまった。その映画を観たあとで——わたしは地球の侵略に加担するのをやめることにした」

「映画を観て侵略をやめた？　なんだそりゃ。そんな話を信じろっていうのか」

「別に信じろなんて云うつもりはない。わたしはただ……もう少し人間のことを知りたくなっただけだ」

「はあ？　そんなにいい映画だったのか？」

「『THIS　IS　IT』——」

マイケル・ジャクソンのドキュメンタリー映画だ。彼が死の直前まで携わったコンサート公演のリハーサル映像を中心に構成されている。

「踊る彼を見て、人間と音楽生命体は共存できるのではないかと思ったんだ」

「……なるほど」

そう云うしかなかった。

3

佳月はポータブルラジオを持って大学へ行き、講義を受けた。地球への侵略が進んでいる今、はたして大学へ行く意味があるのか……佳月は疑問に思ったが、とりあえず日常生活をこなす他に、やるべきことなど思い当たらなかった。

彼はいつものように昼休みに学食へ向かった。いつもは一人だが、今日はラジオが一緒だった。

「それで、いつ新しいスマホを買ってくれるんだ？」

「学生にそんな高いものねだるなよ」

「今なら学割も使えて安いぞ。ついでに映画見放題のサービスもオプションで頼む」

「結局それが目的か」

佳月はカレーライスを食べながらラジオと会話する。横を通り過ぎていく学生の中には、いぶかしそうに彼を見る者もいた。

「この大学にも、すでに乗っ取られた人間がいるんだろ？　突然襲ってきたりしないよな？」

　周りに聞こえないように小声で尋ねる。

「余計《よけい》な手出しをしなければ、向こうは何もしない」

「乗っ取られた人間同士は連携し合ってるのか？」

「おそらくな」

「おそらくって……お前も向こう側の仲間だろ」

「もう仲間ではない。そもそもわたしは侵略にはあまり乗り気ではなかったんだ」

「へえ」

「実際に人間を操るとなると、なかなか思い通りにはいかないということが、このひと月の間に判明した。乗っ取りが完了するまでの時間に個人差があるし、乗っ取ったあとでも少なからず無意識の抵抗を受ける。何より問題なのは、乗っ取りをすることで、我々が意識下で共有していた情報ネットワークから離脱してしまうことだな。つまり電波の届かないところで孤立するようなものだ」

「なんだ、てっきりテレパシーみたいなもので通じ合っているのかと思った」

「我々が乗っ取ったとしても、もともと人間にできないことはできない。それどころか乗りこなすのに時間がかかって、普通の人間にできることができなくなるケースも

「宇宙を渡ってきた異星人のくせに、計画はけっこう杜撰《ずさん》だな……」

少なくないようだ」

「だろ？　だからわたしは嫌だったんだ」

「お前もはぐれ者ってわけか」

佳月は苦笑して云う。

この町に来てから数ヵ月。佳月は何処にいても馴染《なじ》めず、はぐれ者として暮らしてきた。

ここに居場所はない。その理由は、彼自身にもわかっている。

佳月は小さい頃から絵を描くのが好きだった。水彩画を描けば誉《ほ》められ、油絵を描けば神童ともてはやされた。将来は偉大な画家になることを期待されたほどだ。

しかし彼は周囲の期待を裏切り、美術大学を受験することなく、地方の小さな人文系の大学へ進学する。

それは逃避だった。自分の才能では、絵画の世界で通用しないことが、誰よりもよくわかっていた。それを思い知らされるのが怖くて、逃げ出したのだ。

逃亡先に選んだ適当な大学で、周囲に馴染めるわけもなく、目標を失ったまま惰性《だせい》の毎日を繰り返す。時々、何もかも滅んでしまえばいいのに、なんて思いながら——

「ところで名前は？」

　佳月は尋ねる。

「何？」

「お前の名前だよ。あるんだろ？」

「もちろんある」ラジオが短いメロディを流す。「という名前だ。言葉で表すことはできない」

「もうちょっと呼びやすい名前ないのか？」

「適当に呼んでくれ」

「そうだな……ちなみにお前は人間でいうところの男なのか？　もしかして女？」

「我々に炭素生命体のような性別はない」

「性別がない？　それじゃあどうやって繁殖するんだ？」

「勝手に想像してくれ。すぐに知りたければ、今からわたしがお前を乗っ取って、ところかまわず派手に繁殖してやっても構わないぜ」

「悪かった、もう訊《き》かない」

「賢明だ」

「名前だけど、とりあえずラジオのラジーってことで、どう？」

「いいんじゃないか。ミギーみたいで」

「お前さあ……」佳月は呆《あき》れた様子で何か云いかけたが、やめた。「まあいいや。それで——侵略を止める手立ては何かないのか？」

「残念ながら、ない」

「まったく何もないってわけじゃないんだろ？」

「ところが、まったく何もないんだ。『針』が動き出してしまった以上、もう後戻りはできない。あとはプログラムに従って、終末を迎えるだけだ」

「あの『針』が何か関係しているのか？」

「『針』が最後まで回りきった時が、地球の終わりだ」

『針』はひと月かかって半分まで来た。ということは、もう半分移動するのに残りひと月しかないということだ。

「……早すぎないか？」

「これでもペースを落としている方だ。先に地球に来た連中が侵略の下地を作っておく算段になっていたが、予定よりも遅れているみたいでね。わたしみたいな例もあるし」

「『針』が回りきると、どうなる？　異常気象でも起きるのか？」

「そうじゃない。あれはお前たちが宇宙に送り出した金色のディスクと同じ原理だよ。今はまだ溝を作っている状態だ。最後まで作り終わったら、今度は『針』がひっくり返って、溝をなぞり始める」

「それってまさか……」

「そう、レコード盤だ。つまり月は今、巨大なレコード盤になろうとしている最中というわけだ。前にも云った通り、我々は振動であり、音楽だ。そして月面に刻まれた溝は、我々のすべての情報を含んだ音溝《おんこう》というわけだ。『針』が溝を擦り始めれば、その際に生じる振動が音楽となり、その音楽はやがて地球全体を覆うことになる」

「……待てよ、宇宙は真空だぞ。たとえレコードが完成したとしても、音楽は地球まで届かない」

「なかなか鋭い反論だが、月から直接、音波を伝えるわけじゃない。月に地震計が設置されているのを知っているか？　アポロ計画の置き土産《みやげ》だ。これを利用して、地球へ音楽を届ける」

「冗談だろ」

　佳月は鼻で笑う。しかしカレーライスを食べるスプーンはしばらく前から止まったままだった。

「レコードが完成すれば、あとは『針』を落とすだけ。その数日後には、人類の最後を告げるアポカリプティック・サウンドが世界中に鳴り響くだろう」

あとひと月……

世界が終わるまでの時間として、それが長いのか短いのか、佳月にはよくわからなかった。

将来の夢や希望を捨て、作り物のような町に逃げ込み、孤独な日々を送っているうちに破滅願望を抱くことは何度かあった。しかしそれが現実になってしまうとは——

「その日が来たら、人間はどうなるんだ？」

「個人が乗っ取られる時と一緒だ。人間たちの頭の中で音楽が鳴り響き、そのうち自我を失う。その時点から、人は人でなくなり、我々のものとなる。一種の進化、あるいはアセンションってやつだと思えば、むしろ歓迎する人間もいるんじゃないか？」

「でもそうなったら、今まで人間が築いてきた文化や文明も終わるんだろう？」

「そうだな」

「新しい映画はもう観られない」

「むむ……確かに」

「本当はもっとたくさん映画を観たいんだろう？」

「……カヅキ、わたしを困らせてどうする。わたしにはもはや侵略を止めることなどできないぞ。終末は避けられない。というか――お前だって別に地球が救われることなんか望んじゃいないだろ？」

「何もかも終わってしまえばいいと思うことはある……でも、本当はわかってるんだ。終わるべきなのは世界の方じゃなくて、俺の方だってことくらい」

「だったら同じことだろう。ひと月後には、みんな仲良く終わってる」

「本当に避けられないのか？」

「ああ。もしかしたらなんて期待するのはやめておけよ。より絶望が深くなるだけだからな」

4

その日以来、佳月は月を見上げる回数が増えた。

しましま模様は日に日に増えているはずだが、見た目にはほとんど変わりない。一日の進行速度がさほど速くないからだ。しかし十日前の写真と見比べると、明らかに進行しているのがわかった。終わりの時は近づいてきている。

どうせ残りひと月もないのなら――と考え、佳月はスマートフォンを契約した。

「話のわかる相棒をもって、わたしは嬉《うれ》しいよ」

ラジーは早速、ラジオからスマホに移動した。

移動の際には、一度ラジオにイヤホンを差し、次にそのイヤホンをスマホに差すという手順を要求された。おそらくイヤホンを乗り物にして移動したのだろう。仮にイヤホンをスマホに差さずに放置したらどうなっていたのか。気にはなるが、深く考えるのはやめておいた。

「カヅキ、見た目はどういうのがお好みだ？」ラジーは待ち受け画像をころころ変えながら云った。「猫ちゃんにするか？　それとも花？」

「なんでもいいから」

「じゃあセガールでいい？　スティーブン・セガール」

「濃すぎる。もっと安心できるのにしてくれ」

「なんでもいいって云ったくせに」ラジーはぶつぶつと呟く。「よく考えてみたら、これはカヅキから見たわたしになるわけだよな。だったらこういうのはどう？」

画像は見たこともない少女の姿に変わった。特徴のない全身真っ黒な服を着て、何処とも知れない窓辺に座っている。顔も特別美人というわけでもなく、何処にでもいるような雰囲気だ。

「イメージばっちりだろ？」

「何処から持ってきたんだよ、この画像」

「ネットに散らばってるのを集めて加工して、お前好みの姿になってやったぞ」

「セガールを却下したうえでのこれだろ。何一つ嬉しくないんだが」

「そう云うな。しばらくこれでよろしくな」

ラジーの声は嬉しそうだった。古いラジオよりも声がクリアなので、実際に電話越しに話をしているような感覚だ。

「さて、今日はなんの映画を観ようかな……ん？　なんかダウンロードにすごく時間がかかるぞ？」

「通信速度制限くらったんだろ。なんでもかんでもダウンロードするのやめておけよな」

「カヅキ、今すぐ金払って制限解除してくれ」

「面倒くさいなあ……」

はたしてこんな調子で最後の日を迎えていいものだろうか。

月に飛来した物体が隕石ではなく、なんらかの意図をもって送り込まれたものであることは、各国政府も把握しているだろう。けれどそれが、月をレコードにするための装置だということは、おそらく世界中の誰も気づいていないはずだ。

仮にそのことを告発したら——たとえば動画サイトを使うなどして——世界は音楽生命体撲滅のために動き出すのだろうか？

いや、それこそ素人《しろうと》から学者まで、いろんな人間がいろんなメディアを使って、月の『針』に関する様々な説を挙げている。たとえラジーの話す真実を今さら暴露したところで、それらのノイズの中に埋もれるだけだろう。

「ところでカヅキ、ネットを探っているうちに、気になる情報を見つけたんだが」

「気になる情報？」

佳月がスマホを覗《のぞ》き込むと、画面の少女が宙を指差すような格好に変わった。

「うわ、動いた」

「正確には、別の画像に切り替えただけ。アニメーションの要領だ。他にも何枚か画像を用意してるから」

「そんな余計なことしてるから通信速度制限くらうんじゃないのか」

「それより先月のニュースだ」

画面がニュースサイトに切り替わる。

『芝金村《しばかねむら》の民家に老人の二遺体

八月三十日未明、芝金村の民家で「人が亡くなっている」との通報があり、駆けつけた駐在所の警察官が男性二人の遺体を発見した。県警は、この家に住む高齢男性と、その知人の男性であるとみて、身元確認を進めるとともに、詳しい状況を調べている』

「ありふれたニュースに思えるけど？」

佳月は首を傾げる、

「この芝金村ってすぐ隣の村だろ？」

「名前は聞いたことある」

「実はこの近辺に下りたはずの仲間——音楽生命体が何体か消滅したらしいんだ。わたしがこの町に来る前に、そういう情報を受けた」

「消滅——」

「それはあくまで地球上での消滅であって、我々にとって死とは異なる概念なんだが

……それはともかく、我々が消滅する条件は一つしかない。乗っ取った人間が死んだ

場合だ」

「じゃあ死体で見つかった二人の老人が？」

「確かなことは云えないが……」

「よりによって老人を乗っ取らなくてもよかったのに。持病を抱えていたせいで病死したんじゃないか？」

「いや、このあとの記事では、『殺人の疑いで捜査中』と書かれている」

スマホの画面が切り替わる。記事を引っ張り出してくるのかと思いきや、黒服の少女が頭を抱えて考え込んでいるような画像になった。

「警察がそう云うんなら、そうなんだろう。でもそれの何が問題なんだ？」

「奇妙な点が一つある。二人とも遺書を残しているんだ。普通、遺書というのは死ぬことがわかっている人間が書くものだろう？」

「だったら警察の見立てが間違っているんだろう。殺人じゃなくて自殺――たとえばほら、心中ってやつだ」

佳月は思いついたように云う。

「それなら『殺人の疑い』ではなく最初から心中と書けばいい」

「まだ捜査中で、はっきりと判明してなかっただけじゃないか？　何がそんなに気になる？」
「実はこの老人の遺族が、ＳＮＳサイトで遺書の一部を公開していたんだ。遺族は『この遺書の意味がわかる方がいれば教えてください』と書き込んでいた。遺書をネットに上げるなんてとんでもないという指摘を受けてすぐに消してしまったみたいだが……それがこれだ」
画像が切り替わる。
便箋《びんせん》をカメラで写したものだ。そこには文字がびっしりと書き込まれていた。
『あろかみぺすときえふ　ふるなぬきぬみとくお
こでいにれゆうゆじか　そとよわりたこみびん
しすまであきぎのとし　なきばやくるのりりと
かぜでのくらついにあ　とみぷれぬこばじすぎ
しまろはもびどにじき　ろむとおぞりんぎげゆ』
ひらがなの羅列《られつ》はこれ以降も続いている。
「なんだこれは？　文章になってないじゃないか」

「便箋で三十一枚。文字数にして二千八百字。もう一人の老人も、似たような文面で二十八枚の遺書を残している」

「暗号か？」

「そう思って、わたしもいろいろ試してみたが、答えは出ない。この遺書を見た何人かの有志が解読を試みたようだが、未《いま》だに誰も解読できていないようだ」

「俺だったら、まず認知症を疑ってみるけど」

「その可能性も否定はできない。どの暗号法に照らし合わせてみても、該当しそうな形式が存在しないからな。あるいは——彼らを乗っ取った音楽生命体が、死ぬ前になんらかのメッセージを送ろうとしたのか……」

「ダイイング・メッセージってやつか」

「それは死に際の一瞬に伝えるやつだろ。このメッセージは前もって書かれたものだ」

「さすが映画ばかり観ているだけあって、ミステリにも詳しいな……」

「死の代償に書かれたメッセージなら、何か重要な情報が含まれているかもしれない」

「重要な情報？」

「たとえば予期せぬ出来事が起きて、侵略計画を断念せざるを得なくなったとか――」

「仲間に危機を伝えるメッセージ？」

「そういうこと。ちなみに云っておくが、わたしにとって彼らはもう仲間でもなんでもないからな」

「わかってる」

「どうだか……」画像がいぶかしむ少女に変わった。「このメッセージにどうしても伝えたい何かがあるのだとしたら、それは終末の予定を帳消しにする鍵にだってなり得るかもしれない」

「そんな都合のいい鍵なんて存在するのか？　期待するのはやめろって云ったのは、そっちだぞ」

「もちろん期待すべきじゃない。だが、どうせ終わりの日までやることはないんだし、調べてみても損はないんじゃないか？」

「そうだな……」

佳月は肯《うなず》く。何もしないで最後を迎えるよりはましかもしれない。

何より、ラジーがこの一件を気にかけていることが、興味深かった。

ラジーは一体何を探ろうとしているのか？

佳月はまだ心の何処かでラジーを疑っていた。宇宙からの侵略者をそう簡単に信用できるはずもない。

だからこそ、ラジーの行動を注視する必要がある。

「よし……行ってみるか」

5

佳月は昼過ぎに自転車でアパートを出た。

スマホをホルダーで自転車に固定し、ラジーから道案内を受けながらペダルをこぐ。

街路樹の葉はほとんど歩道に落ちていた。風が冷たい。舗装《ほそう》された道はやがて砂利道《じゃりみち》に変わり、山々の間を縫うように、細道へと続いていく。昼間なのに周囲はどんどん暗くなっていった。

「なんかやばそうなところだな……迷ったら帰れないぞ」

「わたしがいるから安心しろ。ＧＰＳで居場所もばっちりだ。なんなら映画でも流そうか？」

「バッテリー温存しておけよ」

道は谷間を抜けた辺りから広くなり、視界が急に開けた。山の段々を切り開いたところに民家が数軒見える。どうやら芝金村の集落に入ったようだ。

どの家も古く、人の気配がない。薄曇りの下、妙に湿った空気が漂っている。風の音も不思議とくぐもって聞こえた。ガレージに自動車や軽トラが停まっているところをみると、誰か住んでいるのは間違いなさそうだが――

「右に曲がって、百五十メートル先です」

ラジーが機械音声を真似てガイドする。

まずは老人の遺体が見つかった民家へ向かうことにした。行ってもどうせ誰もいないし中には入れないと佳月は反対したが、ラジーはどうしてもそこへ行きたいと主張した。

「もし音楽生命体が生活していたのだとすれば、なんらかの痕跡《こんせき》が見つかるはずだ」

やがて民家が見えてきた。

家の前で自転車を停める。

平屋の小さな家だ。車はない。軒先《のきさき》の雑草が茶色く枯れて、風に吹かれていた。ところどころ屋根をトタンで修理した跡が窺《うかが》える。

　表札はすでに外されていた。無人のようだ。

「遺族が後片付けしたあとだろう。やっぱり無駄足だったんじゃないか？」

「裏に回ってくれ」

　佳月はラジーの指示に従い、スマホを手に建物の裏へ移動する。

　ススキに覆われた庭を抜けて、縁側に近づいた。窓の向こうは障子で閉ざされていたが、穴が開いていたので中を覗き見ることができた。

　がらんとした六畳間の和室が見える。故人の生活を思わせるものは何もない。

「まあこんなことだろうと思ったけど」

　佳月は肩を竦《すく》めて引き返そうとした。

「それじゃあ窓を割って中に入ってみようぜ」

「は？」

「東に三メートルの位置に手頃な石があります」

　ラジーが機械音声で云う。

「冗談はやめてくれ。これから終わりの日まで留置場で過ごすことになるぞ」

「誰も見てないから大丈夫だって」

その時、遠くからサイレンの音が聞こえてきた。

パトカーだ。鋭い刃物のような音を、周囲の山々に反響させながら、こちらに近づいてくる。

「う、嘘《うそ》だろ、通報された？」

佳月は茂みに身をひそめた。

やがて赤色灯が道の向こうに見えてくる。それも一台や二台ではない。大きなワゴンも含めて、六台はあるだろうか。

しかしパトカーの一団は、佳月の目の前をあっさり通り過ぎて、さらに山奥の方へと走っていった。

「びっくりした……」

佳月は胸をなでおろす。

「何か事件でもあったんじゃないか？」

ラジーはそう云って沈黙する。ニュースサイトを検索しているのだろう。

「行ってみよう」

佳月は自転車にまたがり、パトカーのあとを追った。

ゆるやかな斜面を上っていると、小さな民家が見えてきた。パトカーはその周辺に停められている。

警察官たちは、そこからさらに坂を上った場所に建つ蔵の周りに集まっていた。

「どうする？　これ以上近づけば、余計な詮索《せんさく》を受けるかもしれない」

佳月は尋ねた。

「――引き返そう」ラジーは云った。「けっこうな捜査人数だ。関わると面倒なことになりそうだ」

「よかった、突っ込めとか云われるかと思った」

佳月は急いで自転車を反転させ、坂道を駆け下りた。

その時、異様なものを見た。

坂道の両脇に、多くの村人たちが並んで立っていた。五人、六人……十人……二十人……さっきまでは誰もいなかったはずなのに――一体いつの間に集まったのだろうか。彼らは一様に、生気のない真っ黒な瞳を、警察官たちが集まる蔵の方へ向けていた。

佳月が坂道を下りようとすると、彼らは急にぎろりと佳月の方を向いて、目で追いかけてきた。

佳月は怖くなって、全速力で坂道を駆け下りた。

村を出て、山道を走っている間も、ずっと彼らの視線を背中に感じていた。

アパートに帰るなり、佳月はベッドに身を投げ出して仰向《あおむ》けになった。

「やばかった……なんなんだよ、あの村……」

「確かに異様だったな」

「ラジー、あれが異星人に乗っ取られた姿なのか？」

「いや、あんな不気味な表情にはならないはずだ。我々はもっと、自然に人間社会に溶け込むことができる」

「それじゃあ、あの村人たちは……」

「もともとああいう村なんじゃないか？」

「そんな馬鹿《ばか》な」

「我々の件と関係しているかどうかはわからないが……奇妙な遺書を残して死んだ老人や、あの異様な村人たちのことを考えると、芝金村で何かが起きているのは間違いなさそうだな」

「パトカーが集まっていた事件については？　何か情報はないのか？」

「まだニュースにはなっていない」

佳月はテレビをつけた。ニュース番組をやっていたが、タレントが結婚したとか、何処のラーメンがおいしいとか、この終末においては特にどうでもいい情報ばかりだった。

ベッドに横になってテレビを眺めているうちに、佳月はうとうとと眠り込んでいた。

目が覚めるとすでに夜の十時で、窓の外にはしましま模様の月が出ていた。

「起きたか、ねぼすけ」

床に投げ出したままになっていたラジーが云った。待ち受け画面では、黒服の少女が怒ったような顔をしている。

「今日は疲れたんだよ……」

「事件の詳細がわかったぞ」

「なんの事件？」

「今日、芝金村にパトカーが集まってただろ。あの事件だ」

「ああ……」

「蔵の中で死体が見つかった。被害者は岩田《いわた》鈴夫《すずお》、五十二歳。あの民家の家主だ。死因は腹部を数回鋭利な刃物で刺されたことによる失血死。凶器は見つかっていない」

「殺人事件……？」

「ああ、そうだ。あの時、強引に現場に突っ込まなくてよかったな。下手したら犯人にされてたかもしれないぜ」ラジーはへらへらと笑う。「第一発見者は駐在所の警察官。経緯はこうだ。今日の昼頃——つまり我々が村に入った頃——被害者の妻が雨樋《あまどい》を直すために工具を取りに蔵へ行ったところ、入り口の扉が開かないことに気づいた。蔵の扉は内側からしか施錠できないタイプらしい。それで中に誰か人がいると考え、同居していた父を呼びにいった。それでもらちが明かないので、念のため駐在所の警察官を呼んだ。そして警察官が家人の許可のもと、扉を強引に開けた。すると中で被害者が死んでいたというわけだ。ちなみに被害者は昨夜、ふらりと家を出たきり帰っていなかったそうだが、いつものことなので特に気にしなかったと妻が証言している」

「そもそも被害者の家族は正常なのか？　あの村人たちと一緒の状態だとしたら、証言も怪しいものだが」

「家族についてはわからないが、少なくとも第一発見者の警察官はまともなようだ。県警もとくに疑問を抱いていない」

「それ、何処情報だよ」

「……新聞関係」

「おい、ハッキングとかやめろよ？　そのスマホ、俺の名義で契約しているんだから」

佳月の言葉に対して、ラジーはぺろっと舌を出した画像で応じた。

「ということで、死体発見時に蔵の扉が施錠されていたのは間違いなさそうだ。ついでに云うと、蔵には窓や通気口の類《たぐい》はいっさいない。もともとあった通気口は防犯のため塗《ぬ》り固めてしまったそうだ」

「出入り口は扉だけか」

「しかも扉には内側からカンヌキがかけられていた。このカンヌキは横木がかなり重く、手でスライドさせないと受け金に通せない。何かの拍子にうっかり施錠されてしまうというようなことはまずないと考えていい」

「なんだか密室殺人みたいな話だな」

「みたいじゃなくて、密室殺人そのものだ。ちなみに扉には糸を通す隙間もない。外から糸でカンヌキを引っ張って施錠するという芸当は不可能だろう」

「ここにきてややこしくなってきたな……」佳月はベッドの上で項垂《うなだ》れる。「普通に考えたら自殺じゃないのか？　中から扉を施錠したあとで、自分の腹を何回も刺して死んだ」

「その場合、凶器は死体に刺さったままか、手に握っていなければおかしい。しかし今のところ凶器は見つかっていない」

「でも密室状態の蔵から犯人が逃げ出すことはできそうにないし……外から扉のカンヌキをかけることもできない。これじゃ殺人は不可能だろ」

「いや、可能なんだ」

「可能？」

「犯人が音楽生命体ならね」

「はあ？」

「状況からみて、現場を密室にすることが可能なのは音楽生命体だけだ」

「……どういうこと？」

「前にも云ったが、我々音楽生命体の本質は振動であり、音だ。音は波となって、はなれた場所へと伝わっていく。そして音による振動は壁越しに伝えることもできる」

「まさか……音を使ったのか？」

「そう、蔵の外から音波でカンヌキを振動させ、小刻みにスライドさせていく。これで密室が完成する」

「いやいや、無理だって。そもそも重たいカンヌキを振動させるほどの音量って、相当なものだろ？　コンサート会場クラスのスピーカーが必要だ。そんなものを、あの場所に設置できたとは思えない」

「音は大きければいいってもんじゃないぜ。必要なのは、対象の固有振動数を的確に捉え、振動させ続けること――つまり特定の音色を休みなく発し続けること」

「結局、特殊なスピーカーが必要ってことだろ？」

「スピーカーはなくても可能だ。たとえば――発声練習と同じ要領で、特定の音色を声に出し続ければいい。それなら特に大がかりな装置は必要ない」

「声……？　声を使ったっていうのか？　カンヌキを動かすだけの声を出し続けるなんて人間には不可能だ。いくら音楽生命体に乗っ取られた人間だからって、そもそも人間に不可能なことはできないはずだろ？」

「確かに一人では無理かもしれない。けれど村人全員で声を共鳴させれば、音の振動は大きくなる。集団で特定の声を共鳴させられるのは、音楽生命体だけだろう」

「村人全員って……まさかあいつら全員？」

村人たちが殺人現場の蔵を取り囲み、一斉に声を上げて不気味なハーモニーを作り出す。佳月はそんな光景を想像して、めまいを覚えた。

「彼らの表情はどう見ても尋常ではなかった。人間の目から隠れるようにして、閉鎖的なコミュニティを築くうちに、極度に排外的な集団ができあがってしまったのかもしれない」

「殺された被害者は普通の村人だったのか？」

「いや、被害者も音楽生命体だろう。おそらく今回の殺人は仲間同士のいざこざだ。同じ侵略者でも、考え方はそれぞれ違うからな。コミュニティを作って結束を固めようとする者もいれば、わたしのようにチームから離脱する者もいる——そうか、ひょっとしたら……彼らはわたしのような離脱者を粛清《しゅくせい》しただけなのかもしれないな……」

「よその星に来てまで身内争いか。迷惑な話だ」佳月はため息交じりに云った。「しかしどうしてわざわざ蔵を密室にしたんだろう？　極端な話、適当に殺してそのへんに捨てていくこともできただろう？」

「やはり警察対策だろうな。我々は侵略者といっても、数の上では圧倒的に不利だ。特に警察のような大組織を相手にするのは得策ではない。だから少なくとも終わりの日が来るまで時間稼ぎができるような偽装工作をしたのだろう」

「村の老人二人が死んでいたのも、内輪もめだったのか？」

「おそらく……例のメッセージは芝金村に生まれたコミュニティの危険性を外部の仲間に知らせようとしたものだったのかもしれない。メッセージの中身は結局わからないままだが、我々がこうして意図を読み取ることができたのだから、けっして無駄ではなかったな」

「そうか？」

「少なくとも近くに過激派のコミュニティが存在することがわかった。なるべく近寄らない方がいいだろう」

「放っておいていいのか？　警察に事件の真相を話せば……」

「動いてくれるとは思えない。むしろ余計な手出しをしない方が、お互いのためじゃないか」

結局のところ、終末の日が来るのを静かに待つしかないというわけだ。

やはり期待などするべきではなかった。

佳月は重いため息を零した。

6

月のしましま模様はかなり進行していた。

終わりの日が近づくなか、佳月はスケッチブックを持って公園へ向かった。久々に絵を描いてみたくなったのだ。

スマホはアパートに置いてきた。絵を描く時はひとりの方がいい。佳月は明け方の公園のベンチに腰かけ、風景の中にモチーフを探した。

正面に噴水が見える。水は止められた状態で、少し濁《にご》っていた。

ふと、噴水の土台に落書きがあるのに気づいた。

胸がざわつく。

佳月は弾かれるようにベンチから立ち上がり、噴水に近づいて、落書きを覗き込んだ。

黒いペンのようなもので、小さい文字がびっしり書き込まれている。

『ぴぬかりす　しみどくに　ふどあすい　くるみぼお　ぺぎしいゆ』

文字は噴水をぐるりと取り囲むように、延々と続いている。

似たような文字列に記憶があった。

芝金村の老人が残したというメッセージだ。意味不明なひらがなの羅列。

佳月は走ってアパートに帰った。

「大変だ、ラジー！　あのメッセージが公園にも……」

ラジーはスマホで映画を流しているところだった。

佳月が早口で説明すると、画面が切り替わって、黒服の少女が現れる。

「カヅキ、メッセージについてはわたしもちょうど気になっていたところだ」再び画面が切り替わり、英文のニュースサイトが表示される。「実は世界中で同じようなことが起きている。この記事では、アメリカの国立公園にある樹齢三百年の木に、無数のアルファベットが彫り込まれているのが発見されたと報じている」

「海外でも……？」

「我々が見たメッセージと同様に、意味をなさないアルファベットの羅列だ」

「芝金村やこの周辺に限った話ではなかったんだ……」

「あれからずっと例の暗号の解読を試みているんだが、全然解けない。もしかしたらこれは暗号ではないのかもしれない」

「暗号ではないとしたら……？」

「世界で同時多発的に起きる不可解な現象——これって、何かに似てないか？」

「えっ？　なんだ？」

「我々音楽生命体による侵略の初期段階で起きたこと——それは世界各地で、同時多発的に『イヤーワーム』が発生するというものだった。一方で、今起こっているのは、世界各地で謎の文字列があちこちに書かれること……」

「それって、まさか！」

「別の異星人による侵略行為——信じがたいけれど……認めるしかない」

「冗談だろ……もうすぐ地球は終わりだっていうのに……なんでこんな時に」

「こんな時だからこそ、というべきかもしれない。地球がよその異星人に乗っ取られようとしている今、横から掠《かす》め取るつもりなんだろう」

「一体どんな異星人なんだ？　意味不明な文字列を落書きすることが侵略になるのか？」

「わたしの想像が正しければ、彼らは我々よりもずっと前から人間社会に溶け込み、侵略を続けていたのではないかと思う。いや……それは侵略というよりもはや……共存」

それは、はからずもラジーが思い描いた未来の一つだった。

人間と音楽生命体は共存できるのではないか――

「俺たち人類はいつの間にか異星人たちと共存していたっていうのか」

「もしかしたら、何千年も前からずっと――」

人類は宇宙から訪れた、その神々しい異なる存在との遭遇により、生物的にも文明的にも飛躍的に進化することができた。

それはまさしくアセンションとでも云うべき現象であった。

「その異星人たちの正体は――言語生命体」

「言語……生命体？」

「残念ながらわたしにも、彼らの姿形は想像できない。しかしお前たちは確かに、彼らの存在を感じたことがあるはずだ。たとえば言霊《ことだま》と呼ばれるもの……特定の文字配列により姿を現す彼らは、場合によっては『祈り』と呼ばれたり、『呪い』と呼ばれたりもする。彼らはお前たちの頭の中で増殖し、別の誰かのところへ遺伝していく。

そして云うまでもなく、文字の一つ一つが、彼らにとってのカタチなのだろう」

「でも言語っていうのは、そもそも人間が文明社会の中で獲得してきたものだろ？順番が逆だ。人類が文字や言語を生み出したんだ」

「もちろん地球生まれの言語はたくさんあるだろう。音楽がそうであったように。けれど一番初めには、彼ら言語生命体とのファーストコンタクトがあったのかもしれない。もしそうだったとすれば……そもそも人類とは言語生命体の乗り物に過ぎないという見方もできる。人間が文明とか文化と呼ぶものはすべて、彼らの創造物であり――」

「そんなの荒唐無稽《こうとうむけい》だ」佳月は弱々しく首を横に振る。「じゃあ世界中に現れているあの謎の文字列はなんなんだ？」

「特定の塩基配列が炭素生命体を形作るように、特定の言語配列が彼らを形作る。その配列を言葉として伝えること、あるいは文字として書き写すことが、彼らにとっての遺伝なのだろう。あの文字列がニュースやインターネットで流されるたび、それを見た者たちの中に彼らが再生される。あの一見意味のない文字列は『ふっかつのじゅもん』というわけだ」

「一体、誰があれを書いているんだ？」

「書いているのは人間だが、書かせているのは言語生命体に違いない。時々街中でも、奇妙なところに意味不明な文字列の落書きを見ることがあるだろう。あれもおそらく言語生命体による遺伝の一種で、書いている人間にはまったく自覚がないはずだ」

「芝金村の老人二人の死に関しては？」

「あれは一種の代謝だったのだろう。遺書に書かれていた文字列こそが彼らの本体であり、老人はただの乗り物。自殺という形で古い乗り物を捨て、遺書を読んだ遺族へと本体が受け継がれていく。ちょうどＤＮＡが代謝を繰り返すのと同じように」

「老人たちは音楽生命体に乗っ取られていたんじゃなかったのか？」

「そうだな、実際に消滅した音楽生命体が存在することを考えると、老人たちがいったんは乗っ取られたのは確かだろう。しかしもともと彼らの中にいた言語生命体が抵抗したんだ。彼らは老人の身体を捨てることで支配を免れた。これが真相だろう」

「すでに地球の支配権争いが始まっていたのか……」

「一つ気がかりなのは、蔵の密室殺人の方だ」

「気がかりって？」

「あの密室に言語生命体の関与がなかったと云い切れるだろうか？　そもそもあの村

に音楽生命体のコミュニティなど存在したのだろうか？　老人たちの死が、コミュニティによる内輪もめや粛清とは無関係だとしたら、密室は成立しなくなってしまう」

「それはまた別問題だろ。村人たちの様子を見たら、なんかに取りつかれているのは明白だった」

「よそ者を嫌う、ただの村人かもしれない」

「そんなこと云いだしたらきりがないぞ」

「我々はもう一度、密室殺人について調べるべきかもしれない。そして今一度、はっきりと犯人の存在を暴くんだ」


日が暮れるのを待って、佳月は自転車に乗り、芝金村を目指した。昼間でも薄暗い山道は、日暮れにはいっそう暗く、ほとんど迷宮のようだった。ラジーの道案内がなければ、遭難する危険性もあったかもしれない。

やがて芝金村の集落に入った。方々《ほうぼう》に見える家々に灯かりはなく、静まり返っていた。無人なのか、それともすでに寝入っているのか。あるいは、暗闇《くらやみ》に息をひそめて、よそ者の存在を窺っているのか……。

さらに坂道を上る。やがて道の先に、事件現場となった蔵が見えてきた。外壁が白いせいか、闇の中にぼんやりと浮かび上がって見える。

被害者の家は真っ暗なままだった。人の気配はない。佳月は道の脇に自転車を停めて、足音を立てないように蔵に近づいた。

蔵の扉に手をかける。開いた。佳月は扉の隙間に素早《すばや》く身体を滑り込ませて、蔵に侵入した。

「終末が迫ってなきゃ、こんな大胆なことできなかっただろうな」

佳月は自嘲《じちょう》気味に云う。

「カヅキ、周囲をよく見せてくれ」

ラジーがイヤホン越しに指示する。佳月はスマホが発するライトの明かりを、周囲に巡らせた。

蔵の中はほとんど何もなく、がらんとしていた。捜査のために片付けられたのか、それとも最初からこうなのかはわからない。片隅に箒《ほうき》や脚立《きやたつ》などの庭道具、他に工具箱などが置かれていた。

中央の床板が赤黒く変色している。ここに死体が横たわっていたのだろう。

「何かわかりそうか？」

「そうか……工具だ」

ラジーが何か思いついたように云う。

「工具？」佳月は工具箱を開けてみた。「これといって怪しいものは入ってないけど……」

「ハンマーは？」

「ある」

「それだ」

「何が？　凶器……じゃないよな。確か凶器は刃物だったはずだし」

「ハンマーに釘抜《くぎぬ》きはついているな？　よし、それで血痕《けっこん》のある辺りの床板をはがすんだ」

「床板をはがす……？」

佳月はスマホを脇に置き、とりあえず指示通り、ハンマーの片側についている爪《つめ》と釘抜きで、床板をはがし始めた。

埃《ほこり》っぽい空気が、スマホのライトの中に舞い始める。なるべく音を立てないように、丁寧に釘を抜いていった。

やがてすべての釘が抜け、板が外れる。

「見てみろ」

床下にあったのは、血のついたナイフだった。

「これ……凶器？」

「そのようだな。これではっきりした。カヅキの推理通りだったんだ。被害者は自分で蔵に入り、中から施錠したあと、このナイフで何度も自分の腹を突き刺した」

「やっぱり自殺だったのか……でも待てよ、それなら誰がこのナイフを床下に隠したんだ？」

「被害者自身に決まっている。彼は自らを刺したあと、失血によって意識を失うまでの間に床板をはめ直して、血がつかないようにハンマーで釘を打ち、そしてその上に横たわるようにして絶命した」

「それじゃあ意図的に密室殺人に見せかけたってことか……なんでそんなことを？」

「床下をもう一度調べろ。答えはそこにある」

佳月はスマホのライトを再び床下に向ける。

よく見るとそこに、古びたノートが落ちていた。

佳月はそれを手に取り、開こうとする――

「待て、開くな」

「えっ？」

佳月の手が止まる。

それは賢明な判断だった。

「それがそこにあることがわかっただけで充分だ。開いてはいけない。それは犯人の罠《わな》だ」

「犯人？……罠？」

「犯人がなんのためにわざわざこの現場を密室にしたと思う？　それは、そのノートを読ませるためだ。密室の答えにたどりつけば、必ずノートを手に取る構造になっている。これは犯人によって、そう仕向けられた罠なんだ」

「さっきから『犯人』って云ってるけど、誰のことだ？　被害者は自殺だったんだろ？」

「真相はすべてそのノートに書かれているだろう。けれど絶対にそれを読んではいけない。何故なら、犯人がそこにいるからだ。もしそれを読んでしまったら、お前の頭の中に遺伝するぞ。頭の中で繰り返し音楽が鳴り続けるように——」

「犯人が……ここに？」佳月はようやく気づいた様子で青ざめた。「言語生命体か！」

言語生命体とは一体なんなのか——

言語生命体が二次元上に表出する際には、文字と呼ばれるものになる。そして文字は特定の順番で並べられると単語となり、単語が特定の順番で並べられると文章となる。

これは炭素生命体におけるDNAの構造に似ている。DNA塩基が特定の順番で並べられるとタンパク質となり、タンパク質が特定の順番で並べられると手足や臓器となり、人間となる。

DNAの塩基配列がやがては人間という生命体を形作るように、文字の配列が、やがては文章という生命体を形作る。

すなわち、言語生命体のカタチは、老人たちが遺書で残したような、無意味な文字の羅列にとどまらない。

文字を特定の順番で並べかえれば、単語となり文章となる。

そして文章を積み重ねていけば、それは小説というカタチになることもあるのだ。

にわかには信じがたいだろう。

小説そのものが、一つの生命体だなんて。

もうおわかりかと思う。

犯人は私だ。

密室内のノートにおける遺伝には成功しなかったが、結果的に別の手段を思いつくことができた。

それが、この小説だ。

文字列の組み換えにはかなり時間を要したが、街角の落書きよりは、読ませる内容になっただろう。物語を提供してくれた佳月たちには感謝したい。

この小説の最後の一行を読み終えた時、私は君の頭の中に、移動を終えている。

次は君の番だ。
#今夜の月はしましま模様？

終末硝子
<ruby>ス<rt></rt></ruby><ruby>ト<rt></rt></ruby><ruby>ー<rt></rt></ruby><ruby>ム<rt></rt></ruby><ruby>グ<rt></rt></ruby><ruby>ラ<rt></rt></ruby><ruby>ス<rt></rt></ruby>

1

馬車の窓から見える十年ぶりの故郷の風景に、エドワードは底知れない不気味さを感じていた。霧の漂う平原に、ぽつんぽつんと巨大な黒い影がそびえている。まるで巨人の軍勢が息をひそめて、人里へ襲撃する機会を窺《うかが》っているかのように見えたが、ひとときの風に霧が吹き払われると、その正体はたちまち明らかになった。煉瓦《れんが》の塔だ。得体《えたい》の知れない塔があちこちに建てられていた。もちろん昔は存在しなかったものだ。

しばらく道を進むと、喪服姿の人々が塔を取り囲むようにして立っているのが見えた。エドワードは御者に馬を止めさせて、馬車を降り、喪服の一団へと近づいた。

「ここで何をしているんです？」

尋《たず》ねると、喪服の人々は怪訝《けげん》そうにエドワードを見返した。エドワードの知っている顔は、その一団の中にはなかった。

「何って、見ての通りでさぁ」

「葬式？」

「へぇ、『塔葬《とうそう》』ってやつです」

男は塔の上を指差しながら云《い》った。そこに遺体があるのだろうと、エドワードは察した。

たった十年のうちに、この村には奇妙な塔がいくつも建ち、聞いたこともない風習が根づいたらしい。もはやこの村は、エドワードの知っている村ではなかった。

この十年の間に何があったのか……

村の名はマイルスビーという。

イングランド東部、ノース・リンカンシャー州を流れるトレント川の東に位置する小さな村だ。エドワード・ガードナーはそこで医者の息子として生まれた。優秀な成績で寄宿学校を卒業し、父親に勧められるままエディンバラ大学の医学部へ進学。卒業後はロンドンの病院で医者として働いた。

しかしロンドンの空気が合わなかったらしい。肺を病み、治療のため清浄な土地へ移住する必要があった。そこで故郷の村のことを思い出した。

両親はすでに他界しており、マイルスビーに身寄りはない。けれど他に行くべき場所は思い当たらなかった。聞くところによると村に医者はいないという。療養を兼ねて、仕事をするにはちょうどいい場所ではないか。エドワードはそう考え、トランクに荷物を詰め込んで、ロンドンを発《た》った。一八三六年六月のことだった。

馬車を乗り継ぎ、一週間ほどでマイルスビーにたどり着いた。きっと懐かしい風景が迎えてくれるだろう。そう考えていただけに、奇妙な変貌《へんぼう》を遂げた村の姿は、エドワードを動揺させた。

マイルスビーは周囲を湿地と小麦畑に囲まれた小さな村だ。見渡す限りの平原の中、孤立したかのように佇《たたず》む集落である。川沿いの低地にあるせいか、霧も多く、一年中じめじめとした印象だ。青草のにおいのする風や、みすぼらしいあばら家が並ぶ通りなどは、十年前と何も変わってはいなかった。

エドワードはマイルスビーにたどり着いたその足ですぐに、村で唯一のエールハウスに向かった。いわゆる酒場だ。そこなら懐かしい顔にも出会えるだろうと踏んだのだが、店は空き家になっていた。当然、誰もいなかった。

仕方なく宿に向かい、下宿先が見つかるまで世話になることにした。

「おお、あの医者の息子か！　覚えてるとも。女房が熱病にやられた時は、お前の親《おや》父《じ》さんに世話になったもんさ。どうしてここに戻ってきたんだ？」

「病気の療養です。ついでに仕事があれば……」

「医者なのかい？　そりゃあ助かる。もう七マイル先のスカンソープまで病人を運ぶなんてことをせずに済むってわけだ」

宿の主人は気さくな大男で、エドワードを歓迎してくれた。部屋は隙間《すきま》風《かぜ》の鳴る古めかしい個室だったが、ロンドンの煤《すす》で真っ黒に汚れた空気の中で生活するよりはましに思えた。

こうしてマイルスビーでの生活が始まった。

エドワードのことを覚えている村人はほとんどいなかった。同年代の若者たちは皆、スカンソープかグリムズビーの港に働きに出ていた。それ以外の者は村の外れで小麦を育てたり、羊や牛を飼ったりしていて、エドワードとすれ違うこともなかった。マイルスビーでの仕事といえば、その二つしかなく、どちらかを選ばなければ生きていけない。エドワードのように大学まで行くような人間は、ごくまれな例だった。

村での生活が三日ほど過ぎた頃、エドワードは奇妙な塔のことを宿の主人に尋ねてみた。

「ああ、あれは墓だよ。墓」

「墓なら教会にあるでしょう？　何故《なぜ》わざわざあんなおかしな墓を建てるんです？」

「何故って、そりゃあ……その方がうまくいくからさ」

「うまくいく？」

「そうさ。やっぱり文明ってのは、死んだ人間の弔い方一つで決まるもんなんだよ。エジプトがいい例だ。正しい弔い方をすれば、世の中は正しく回る。『塔葬』をするようになってから、この村は豊作続きだ」

そんな馬鹿《ばか》な……と声に出そうになるのをなんとか堪《こら》え、エドワードは神妙そうに肯《うなず》く。

「僕がここにいた頃は『塔葬』なんて誰もやっていなかったと思うんですが」

「そりゃそうだ。『塔葬』するようになったのは船長さんが来てから、だからな」

「船長さん？」

また妙な言葉が出てきた、とエドワードは思った。

「ストークス男爵のことさ！　元は海軍将校の船乗りだ。何年か前に国王から爵位を授かってからは、船を降りて、この村の屋敷に住むようになったんだ。俺たちゃ敬意と親しみを込めて男爵のことを『船長さん』と呼んでいる」

「その方と『塔葬』にどんな関係が？」

「船旅の途中に寄港した島で、『塔葬』という風習を知ったんだと。そのナントカって島の原住民たちは、死者を敬うために、生きてる人間よりも高い場所に死者を葬るって話だ。言われてみれば理に適《かな》ってるよな。だって天国は地面じゃなくて、空の向こうにあるんだろ？」

「そんな何処《どこ》の国のものとも知れない風習を、この村で取り入れたんですか？」

「ああ。最初は俺たちも首を傾《かし》げたもんだが、船長さんの云う通り『塔葬』を始めてからは、見違えるように村がよくなったんだ。小麦もミルクも前より採れるようになった。それに……なんて云うかな、塔を見かけるたびに、死んだ仲間たちから見守られてるような気分になるんだ」

宿の主人は感慨深そうに云う。彼はウイスキーを飲んでいたが、まだ酔っ払う量ではないはずだった。ましてや嘘《うそ》や冗談ではなく、正真正銘の本音のようだ。

エドワードは塔の印象と同様に、宿の主人に対して薄気味の悪さを感じていた。一見すると明るく健康そうなのだが、その皮膚の内側に、見知らぬ生き物が人間のふりをしてひそんでいるような……そんなイメージが湧《わ》き起こってくる。

「教会は『塔葬』を黙認しているんですか？」

「いや、黙認どころか推奨してるぞ」

「そんなまさか……」

「別に驚くような事じゃないだろ？　棺《ひつぎ》を何処に置くかの違いでしかない。別に遺体を冒瀆《ぼうとく》するようなことは何一つしていないんだからな」

確かに、ロンドンの裏通りで行き倒れた人々の遺体がそのまま放置されているような状況よりは、よほどましといえる。ロンドンでは共同墓地の混雑が問題として取りざたされることも少なくなかった。現在では土葬が一般的だが、いずれ火葬も一般化される時が来るだろう。

そう考えると、埋葬の仕方は土地や家柄、あるいは時代や宗教によって様々変わるものだし、とりたてて『塔葬』を異端視するようなことでもないのかもしれない。

「『塔葬』について知りたいんなら、船長さんに会って直接聞いてみたらどうだ？　船長さんは貴族といっても気さくなお方だ。ましてや医者なら、なおさら歓迎されるだろうよ」

「そうでしょうか……」

元海軍将校という経歴を聞くだけでも、近寄りがたい。しかし実質的に村長でもあるその男に会わないまま、この村で暮らしていくことは不可能だろう。

意外にもその男――プリングル・ストークス男爵に会う機会は、ほどなくしてやってきた。屋敷に招かれたのだ。

ある晴れた日の午後、エドワードは一張羅のツイードのスーツを着て、ストークス男爵の屋敷を訪ねた。

屋敷は村の東の外れにあり、村とそれ以外の境界線を主張するかのように、どっしりと横長に建てられていた。村にある他の建物と比べれば大きいと云えたが、貴族の屋敷にしてはこぢんまりとしている方だ。最低限、男爵の威厳を保つ程度に立派な屋敷といったところだ。

門の前で年配の召使いがエドワードを迎えた。召使いのスーツはエドワードのそれより高級そうだった。彼に誘われるまま、門をくぐる。

玄関には中国のものと思われる陶磁器が飾られ、壁には絵画がかけられていた。どれも陰気な色使いの風景画だった。床には塵《ちり》一つなく、エドワードの不安そうな表情さえ反射して見えるほどだった。

応接間に通される。そこでエドワードを迎えたのは、小柄で神経質そうに眉根《まゆね》を寄せる中年の男だった。四十代半ばといったところだろうか。彼はモーニングコートに白の襟巻《えりま》き、白のベストという出《い》で立《た》ちで現れた。

「ようこそ、ドクター・ガードナー。私がプリングル・ストークスだ」

彼は握手を求めるように手を差し出した。エドワードはうやうやしくそれに応じた。

「はじめまして、ストークス男爵」

「あるいは『船長さん』――だろう？　君も噂話《うわさばなし》の一つや二つ、聞いていることだろう。悪い噂でなければいいがね」

ストークス男爵は笑いながら云って、近くのソファを示した。エドワードは促されるままそこに座った。テーブルには紅茶のカップが用意されていた。

「ドクター、君は狩猟が好きかね？」

「いえ……そういうたしなみはまったく」

「そうか、よかった。私もだ。これから狩猟をやろうと云われたらどうしようかと思っていたが、これで一安心だ」

ストークス男爵は笑いながらソファに腰かけた。その喋《しやべ》り方や物腰を目の当たりにして、エドワードはあっさりと彼のことを好人物だと思い込みそうになった。彼には不思議な魅力があった。

「ドクター、君はこの村の出身らしいね」

「はい。十年前……十六までここにいました」

「どうかね、懐かしの故郷は」

「そうですね……懐かしいというより、変わったという印象の方が強いですね」

「変わった？」

「たとえば……エールハウスがなくなっていました。大人になったらあそこで酒を飲むのを楽しみにしてたのに」

「ハッハッハ。時代は禁酒へと傾こうとしているからな。でもこれだけは断言できる。国が法律で禁止したところで、酒はなくならない。そうだろう？」

「ええ。酒は神からの贈り物ですからね」

そう云ってから、しまったと思った。神という単語に、ストークス男爵がぴくりと反応したように見えたからだ。エドワードはこっそりと彼の顔色を窺う。特に変わった様子はない。もしかしたら気のせいかもしれない。

「しばらくここに滞在する予定なのかね？」

「はい。病気が治るまでは……といってもロンドンを出てから変な咳《せき》も収まりましたし、調子はすこぶるいいんですけどね」

「できればずっとここにいてほしいものだな。この村には医者がいない。もちろん君に強いることはできないが……」

「いえ、僕としてもしばらくはここで仕事をしたいと思っています。むしろ男爵のお墨付きをいただけるのなら心強いです」

「意見が一致したな。議会じゃこうはいかない」

ストークス男爵は自嘲《じちょう》気味に笑って云った。

そこに召使いが紅茶の入ったポットとプディングを運んできた。

「ところで……塔はもう見たかな？」

不意打ちのように、質問が飛んでくる。

エドワードはストークス男爵を用心深く見返した。彼は何気ないふりをするかのように、ティーカップに目を落としている。

試されている。

エドワードは直感的にそう思った。

「ええ。あちこちに建っていましたね」

「あれについて何か聞いているかね？」

「はい」肯いて、反応を窺う。「葬儀用の塔だと……」

「いかにも」ストークス男爵はそう云って、紅茶に口をつけた。「あれについて話すには、そう……今からちょうど十年前の出来事から説明しなければならん。十年前といえば、君がこの村を出る頃のことだな。その頃私は、船の上にいたのだ。ビーグル号をご存じかね？」

「えっ、あのビーグル号ですか！　新聞でよくその船の名を目にしましたよ。でも……あの船は今も地球一周の旅をしているはずでは……」

「今は二度目の航海中だ。私が船長として乗ったのは一度目の航海の時。一八二六年に船出し、一八三〇年にポーツマスに帰港した。その航海での功績を認められ、私は爵位を授かり、船を降りた。今は別の者が船長をやっている」

「どうして船を降りたのです？」

「地に足をつけて暮らしたかったのだよ」

ストークス男爵は笑って云う。冗談なのか本気なのか判断しづらい笑い方だった。

「それはそれはひどい航海だった……嵐に見舞われ、身動きが取れない状態のまま、ひたすら揺れに耐える日が何日も続いた。食料も水も尽きかけ、錯乱し始める水兵たちも少なくなかった」

ストークス男爵は俯《うつむ》きながら、指先で右のこめかみ辺りに触れた。よく見ると、こめかみから額にかけて古い傷跡のようなものがあった。彼はそれをなぞるようにして、昔を思い出しているようだった。

「とにかくひどい船旅だったが、悪いことばかりじゃない。それはフエゴ諸島に寄った時の話だ。食料を調達するため、我々は少しの間、フエゴ諸島のある島に滞在した。その島で私が目にしたのは、奇妙な塔の群れ……群塔だった。それは木材で器用に組み立てられた塔で、高さは四十フィート（約十二メートル）ほどあり、見張り台か櫓《やぐら》のように見えた。現地の人間に尋ねると、それは墓だという。その島には『塔葬』と呼ばれる風習があり、塔の上に遺体を置いて敬うものらしい。そんな塔が、島のあちこちに建てられているのだ。それこそ、生きている人間よりも、塔の方が多いほどだった」

ストークス男爵は遠くを見るような目で、床の一点を見つめていた。エドワードには何故か、彼の見た異様な光景を、眼前にありありと想像することができた。すでに村で塔を見ていたからかもしれない。

「私の価値観は一変したよ。遺体は墓場に葬るものだと思い込んでいたからな。遺体は塔の上に……それこそがあるべき姿なのだと、私は思い至ったのだ」

「それがどういう経緯で、この村に広まったのでしょう？」

「なるほど、君はそれが不思議なのだね。なんてことはない。最初は、私の妻だった

「……」

「どういうことですか？」

「この地に移住してから間もなく、妻が亡くなってしまった。病気だった。君と同じ肺の病気だ。やはり空気のいい場所で生活していれば治るだろうと考え、ここを選んだのだが、どうやら手遅れだったようだ」

「それは……お気の毒に」

「葬儀は慣例通り、教会式で行なった。しかし私の胸中にはずっと違和感があった。妻を墓地に追いやることが、果たして正しいことなのか？　そんな折、フエゴ諸島で見た塔のことを思い出したのだ。そして私は亡き妻のために塔を用意した。そして塔の上に妻の棺を置き直した。それでやっと……救われた気がしたよ」

「それが、この村で最初の塔なんですね」

「そうだ。村の者たちはこの話に感銘を受けたらしく、『塔葬』を真似《まね》するようになった。『塔葬』の際には私が葬儀費用から建設費用まで、すべて出すことにしている。結果的に、この六年の間に、塔が無数に立ち並ぶことになった」

「なるほど……僕は少し誤解していたかもしれません。なんというか……悪魔崇拝的な意図があるのではないかと……」

「悪魔崇拝だって？」ストークス男爵はさも愉快そうに笑い出した。「ガス燈が夜を照らし、蒸気機関車が大地を駆けるこの時代に、悪魔崇拝だって？　そりゃあ前時代の話だ。残念ながら私は非科学的な存在に興味はないよ」

「失礼しました」

「いや、しかし君の意見は傾聴に値する。村の外から来た者に、あの塔がどう見えるのか気にはなっていたのだ」

「でも……それなら僕は例外かもしれません。昔の風景を知っているから、今と比べてしまうのでしょう。昔を知らなければ、塔の存在も疑問には感じないと思います」

「ふむ、なるほど……」

それから話題はイングランドにおける最新の医学や科学について、ロンドンのインフラ状況、アメリカの経済などについて多岐にわたった。ほとんどの場合、ストークス男爵が質問をして、エドワードが答えるという流れだった。会話している間、終始試されているような印象が拭《ぬぐ》えなかった。

日が暮れ始め、ストークス男爵は立ち上がった。そろそろお開きの時間らしい。エドワードは辞去を申し出た。

「ついでに塔を見て行くかね？　この村で最初の塔だ」

エドワードは別に見たいとも思っていなかったが、主人に誘われた手前、断ることはできなかった。

ストークス男爵のあとに続いて、屋敷の裏口から外へ出る。

するとすぐ目の前に、煉瓦の塔がそびえていた。

高さは村に点在するものよりも、やや低いだろうか。それでも三十フィート（約九メートル）くらいはある。正面に木製のドアがあり、錠前で閉ざされていた。てっぺんを見上げても、当然ながらそこにあるはずのものは見えない。

「今も奥方はあそこに……？」

エドワードはおそるおそる尋ねた。

「棺の中で眠っているよ」

そう聞くと、目の前の塔が急に畏《おそ》れ敬うべき存在に見えてくる。単なる建築物を超えた、人間にとって不可知の何か――

そんな塔が、この村には無数に建っている。

その事実に、エドワードはあらためて戦慄《せんりつ》を覚えた。

「よかったらまた会いに来てくれ。私も、彼女も待ってるよ」

ストークス男爵はそう云って、海軍式と思《おぼ》しき敬礼をして、別れを告げた。

エドワードは召使いに促され、その場をあとにした。

屋敷の裏から庭へと抜ける際、ふと気になって塔の方を振り返った。すでに塔からはだいぶ離れていたため、その全体象がはっきりと薄闇《うすやみ》の中に浮かび上がって見える。

その時――塔の陰で何かが動くのが見えた。

ドレスを着た若い女性だ。

しかし女性はエドワードの視線に気づいたのか、すぐに身をひそめてしまった。深緑色のスカートの端が、最後にふわりと膨らんで、闇に溶け込むようにして、消えた。

今のは一体……

まさか亡き妻の幽霊？

ぼんやり立ち尽くしているうちに、召使いはそれと気づかず門の方まで歩いていってしまっていた。エドワードは慌てて彼に追いつき、チップを渡しながら尋ねた。

「失礼だが、男爵に娘さんはいるのかい？」

「いえ、いらっしゃいません」

「男爵以外に、この屋敷に住んでいる者は？　若い女性がいるだろう？」

「ああ、それなら……奥様かと存じます」

「奥様？　何を云っているんだ。奥様はすでに亡くなっていて、塔の上に……」

「それは最初の奥様です。現在こちらで暮らしている奥様は、三番目の結婚相手の方でございます」

「……なるほど」

動揺した表情を隠すように、エドワードはしかつめらしく云った。そうか、後妻か。いろいろ尋ねたいことはあったが、あまりしつこくしてストークス男爵に報告されても困るので、その場は引くことにした。


宿の主人から聞いた話では、ストークス男爵は最初の妻が亡くなってから二年後に、二人目の妻と結婚したらしい。何処かの町から連れてきた貴族の娘らしいが、村の人間は誰も彼女の素性を知らなかった。

その二人目の妻は、結婚から三年ほど経《た》った頃、またしても病気で亡くなった。彼女の塔は、村の中心の目立つ場所に作られた。村中の人々が船長さんと亡き妻に哀悼の意を捧げ、塔を敬った。

それから月日が過ぎ、今から半年ほど前に、ストークス男爵は三人目の妻と結婚した。マンチェスターに屋敷を持つ貴族の娘らしいが、その素性を知る者はやはり誰もいなかった。おそらくは貴族のパーティで出会った相手だろうと村人たちは噂していた。

何故、彼女は塔の陰に隠れて、こちらを窺っていたのか。

エドワードは彼女が一瞬見せた、怯《おび》えきった表情を忘れることができなかった。いっそ彼女が幽霊なら、嫌でもその存在を忘れようとしていただろう。しかし死者の呪いよりもかえって強く、エドワードの胸中に彼女の表情が焼きついていた。

もう二度と会うこともないかもしれないが……

そう考えていたが、彼女との再会は意外と早く訪れた。

ある日、宿の前に馬車が止まり、侍女が駆け込んできた。急病人らしい。侍女に肩を支えられながら宿に入ってきたのは、例の男爵夫人だった。

とりあえず宿の主人の配慮で、空いている部屋を診察室代わりにして、彼女を迎え入れた。

「外で待っていて」

彼女はそう告げて、侍女を部屋から追い出した。

部屋の中で、エドワードと男爵夫人は二人きりになった。エドワードは少し面倒なことになりそうな予感がした。

椅子《いす》を用意すると、彼女はそこに腰かけた。もはや具合の悪そうなふりはしていなかった。ほっそりとしたドレスは、パーティ用というより、ちょっとした外出用といった趣だが、素材が上等な絹であることは間違いなさそうだった。

「あまり長居すると怪しまれますので、手短にご説明します」

彼女は用意しておいた言葉をそらんじるように、早口でそう云った。エドワードに疑問を挟む余地《よち》すら与えなかった。

「ガードナー先生。すでにご存じかと思いますが、私はストークス男爵の妻、アメリアです。今日ご相談に伺ったのは……見ての通り、病気のことではありません」

思いつめたような表情で、彼女は声をひそめて云った。エドワードが何を云うべきか言葉を探しているうちに、彼女は続けた。

「どうか私を助けてください！　このままだと男爵に殺されてしまいます」

「殺される……？」

「前の妻も彼に殺されたのです。もしかしたら、最初の妻も……」

「ちょっと待ってください。何を根拠に、そう考えるのですか？」

「屋敷の地下室で血痕《けっこん》を見つけました。かなりの量で……あれはけっしてワインを零《こぼ》した跡ではありません」

「それだけではなんとも……」

「それなら塔に上って前妻の遺体を調べてください。先生なら死因がわかりますよね？」

「一年前の遺体でしょう？　判断するのは難しいと思いますよ。わかりやすい外傷でもあれば別ですが……そもそも塔に上ることなんてできるんですか？」

「男爵の持っている塔の鍵を私が盗みます。それなら調べていただけますね？」

「ちょっと待ってください」エドワードは前のめりになっている男爵夫人を押し戻すように、両手を上げる。「無断で塔へ入るのは墓荒らしも同然です。遺体を調べるのは最後の手段にしましょう」

エドワードがそう云うと、男爵夫人はまるで溶けて消えてしまいそうなほど肩を落として、椅子に沈み込んだ。

「証拠が必要です。他に何か思い当たる節はありませんか？　もっと明確な証拠がなくては、さすがに僕も協力できかねます」

「塔……」男爵夫人は絞り出すような声で云う。「塔に何か秘密があるはずなんです」

「秘密？」

「この村のあちこちに建つ塔をご覧になって、いかがお思いですか？　正直にお答えください、先生」

「そうですね……一言で云えば、異様です」

「そう見えるのでしたら、やはり何かがおかしいのです」男爵夫人はさらに声をひそめて続けた。「以前、夜中に屋敷を出ていく男爵を見かけました。一日だけなら気にも留めなかったと思いますが、それが二日、三日と続きました。それで侍女にあとをつけさせたのです。男爵がランタンを手に向かったのは……新しくできた塔でした」

「わざわざ夜中に、塔を見に？」

「ええ。男爵は塔の中に入っていったそうです。その塔には、最近亡くなられた若い女性の遺体が収められていました」

「遺体のある塔へ入っていったのですか？　なんのために？」

「わかりません」男爵夫人は青ざめた顔を弱々しく横に振った。「男爵が塔に入ったところで、侍女は怖くなったそうで、屋敷に帰ってしまいました。塔の中で何が行なわれていたかまではわかりません」

「それは確かに……普通ではありませんね」

「男爵は先日、新しい塔を建てさせ始めました」

「誰か亡くなったのですか？」

「いいえ……」スカートの上で握られていた男爵夫人の手が震えていた。「塔はあらかじめ、誰かが亡くなった時のために建てておくのですが、もしかしたら、その新しい塔が……私のために作られているような気がして……恐ろしいのです」

そんなまさか。エドワードはそう云おうとしたが、声にならなかった。ふと、霧のヴェールの向こうに塔の黒い影が立ち並ぶ光景を想像すると――まるで死者たちが列をなして、次に加わる仲間に手招きしているように見えてくる。男爵夫人の言葉を思い過ごしだと切り捨てるには、その想像はあまりに生々しすぎた。思わず鳥肌が立つのを感じたほどだ。

「確かに……この村にとって、塔はいびつな存在のように感じられます」エドワードは正直に打ち明けることにした。「先日、男爵と少しお話しさせていただきましたが……男爵は『非科学的な存在に興味はない』とおっしゃっていました。しかし一方で『塔葬』という奇妙な儀式に傾倒しています。男爵は物事を論理的、科学的に捉えることのできる方だ。それなのに何故、塔に執着するのか。もしかしたらそこに何か秘密が隠されているのかもしれません」

「どうかその秘密を解き明かしてください」男爵夫人は泣き出しそうな顔で云う。

「先生しか頼れる方はいないのです。村の人たちは皆、男爵を慕っているので話が通じません。けれど外からいらっしゃった先生なら……」

「わかりました。まずは塔について調べてみます」

エドワードがそう云うと、男爵夫人は目に輝きを取り戻し、生き返ったかのように立ち上がった。

「感謝します、ガードナー先生。今日はもう帰ります。どうかこのことは、ご内密に……」

「もちろんです」

エドワードは気つけ薬を彼女に渡すと、部屋の扉を開けた。男爵夫人は再び具合の悪そうなふりをしながら、部屋を出ていく。侍女が慌てて彼女を支えた。

エドワードは別れ際に、伝えた。

「もし何かあればまた診察室まで」

男爵夫人は肯いた。そして抱きかかえられるようにして、馬車へ乗り込んでいった。

2

塔について調べるにあたって、エドワードはまず教会へ足を運んだ。

教会は村の玄関口とも云える南の端に建っていた。イングランド国教会に属する古い教会で、エドワードもここで洗礼を受けている。ただし敬虔《けいけん》な信者ではないという自覚はあり、教会へ向く足取りは重かった。

白髪頭の牧師がエドワードを迎えた。知っている顔ではなかった。かつてここにいた牧師は、数年前に亡くなっているらしい。

「前の牧師さんは、どちらに埋葬されたんですか？」

「この教会ですよ」

当然だろう、という顔で牧師が答える。

「塔は作らなかったのですね？」

「ええ。生前から、こちらの墓地に入ることを希望しておられたので……」

「『塔葬』を否定していた？」

「そうですね……どちらかといえば認めてはいませんでしたね。ただ、争いごとを避けるため、あえて声高に主張するようなことはありませんでした」

「あなたは『塔葬』について、どう思いますか？」

「私は特に問題があるとは感じていません。むしろ今となっては『塔葬』を望む声も多くなっています」

「村の人たちはどうしてそんなに『塔葬』を望むのでしょうか」

「救いの礎《いしずえ》になるからでしょう」

「救いの礎？」

「塔が建つようになってから、この村は何度も救われてきました。それは亡くなった方たちが、塔から我々を見守ってくださっているからです」

「救いというのは、具体的にはどんな……？」

「たとえば長雨で小麦がだめになることがなくなりました。結果的に家畜の飼料も増え、牛たちもよく育ち、ミルクやバターも多く生産できるようになりました。船長さん――ストークス男爵は、死者の塔がマイルスビーの平野に恵みをもたらしているのだとおっしゃっています。塔が建てられるようになってから、村は確かに恵まれているのです」

恵みをもたらす死者の塔――

牧師を含め、村人の多くはそう考えているようだった。そう信じるだけの事実があるようだ。村の生産量が上がっているというのも、偽りのない事実らしい。

はたして塔にそんな効果があるのか？

たまたま生産量の上がった年に塔が建てられ始めたため、塔の効果だと思い込んでいるということはないだろうか。いわゆる迷信だ。たとえば百パーセント確実に雨を降らせる祈禱師《きとうし》の話がある。そのからくりは実に単純で……彼は雨が降るまで雨乞いをやめないのだ。

祈禱師と塔を置き替えたらどうだろう。塔なら一日中そこに立っていても疲れない。あとはその効果を、周囲に信じ込ませるだけ――

仮にそうだとして、ストークス男爵が夜な夜な塔へ通う理由があるだろうか。

エドワードは教会から宿に戻る途中、道の端に建っていた塔へ近づいてみた。この村に来た当初、葬列が輪を作っていた最新の塔だ。

塔は煉瓦でできている。元来、墓とは永続を願って頑強に作られるものだが、その塔も過剰と思えるほどしっかりとした建築物になっている。形は円柱状。木製の扉が設置されているが、特に鍵などはかけられていない。

エドワードは周囲を見回して、誰もいないことを確認すると、扉をそっと開けてみた。

中は空洞になっている。真っ暗だ。かすかな死臭を感じた。扉を大きく開けて明かりを入れる。すると塔の内壁に沿うように、ぐるりと階段が上へと続いているのが見えた。かなり細い足場だ。棺を抱えてここを上るのは骨が折れる作業だろう。天井を見上げても、光が零れている様子はない。屋上への出口は封鎖されているようだ。棺は屋上に置かれているのだろう。

エドワードは中に入ることはせず、扉を閉じ、塔から離れた。

建物自体に何か秘密があるようには見えない。

やはり塔に屍体を置くことに、何か意味があるのではないか。しかしどんな意味が？

エドワードは周囲を見渡す。マイルスビーは低地の平原にあるため、ほとんど地平線まで見渡せる。この辺りで高い建物といえば塔だけなので、視界を巡らせるだけであちこちに塔の姿を見ることができる。それはいわば、死者たちの姿だ。この村にいる限り、彼らの存在をはっきりと意識させられることになる。『見守られている』といえば聞こえはいいが、エドワードは『見張られている』ような気分だった。

ぼんやりと塔を眺めていると、ぽつぽつと雨が降り始めた。近くに農具をしまっておく物置があったので、エドワードはそこで雨をやり過ごすことにした。物置の入り口から外を見ると、さっきの塔の全景が見えた。雨に濡《ぬ》れた塔は、まるで平原に放り出されたプディングのようだった。

それを見ているうちに、エドワードはふとストークス男爵のことを思い出した。元海軍将校であり、ビーグル号の船長を務めた男。経歴からいえば、イングランドの歴史に名を刻んでもおかしくない。そんな男が何故、こんな片田舎《かたいなか》の村で暮らしているのだろう。

彼はこの地に何を見出したのか。

そしてあの塔に何を託したのか……

ストークス男爵が夜な夜な塔を出入りしていたというのは本当だろうか。

確かめてみる必要がある。

エドワードは物置の陰に身をひそめ、一晩塔を見張ることにした。

ストークス男爵が現れる可能性は少なくない。彼がもし、新しい塔に何か価値を見出しているのだとしたら、この最新の塔に足を運ぶはずだ。

やがて日が暮れた。雨は降ったりやんだりを繰り返している。季節は夏に差し掛かっていたが、夜はかなり冷え込む。エドワードは膝《ひざ》を抱えて座り込んだまま、自分は一体何をしているのだろうと何度も自問を繰り返していた。

その時、視界の隅で、火が揺れた。

それは誰かが手に持ったランタンの灯《あ》かりだった。火は左右に小刻みに揺れながら、塔へと近づいていく。

来た！

エドワードは息を飲み、灯かりの行方を見守った。

灯かりは塔の前でふっと消えた。火を消したのか、それとも扉の向こうへ消えたのか。

それから間もなく、塔のてっぺんがぼんやりと明るくなった。注意して見ていなければわからないほどの灯かりだ。

間違いない、誰かが塔に上っている。

灯かりは三十分ほどして消えた。あそこに屍体があると考えれば、おぞましいほどの長さだ。

やがて灯かりが塔の下に現れた。塔から出てきたのだろう。そして来た道を引き返すように、灯かりは移動していった。エドワードは追いかけることはせず、そのまま灯かりが見えなくなるまで見送った。

今のはストークス男爵だろうか。

今すぐ塔へ行って調べてみたかったが、手元に灯かりがないので、夜明けを待たなければならなかった。何度かうとうとしているうちに、太陽が昇った。曇り空のせいで、けっして明るくはなかったが、ようやく視界がはっきりとしてきた。

塔へ急ぐ。

入り口に変化はない。木製の扉は閉じられたままだ。しかしぬかるんだ地面に、一組の足跡があるのに気づいた。

日暮れ前に塔を調べに行った時には、足跡などなかった。あのあと雨が降ったことを考えれば、昨晩現れた人物が足跡の主といえるだろう。足跡からみて、男物のブーツであることは間違いなさそうだ。中央に特徴的な縦の傷がある。これは何かの手がかりになりそうだ。

この男は、なんのために塔へ入ったのか？

エドワードは意を決して、塔の中へ入ることにした。ゆっくり扉を開けて、中に誰もいないことを確認する。雨のせいか、昨日よりも悪臭が強くなっていた。

階段を上る。塔の内側を回転するように上昇し、やがて天井の戸に手が届いた。跳ね上げ式の戸板だ。特に鍵はかかっていない。エドワードは慎重にその戸を開けた。途端《とたん》に死臭が強くなる。

塔の屋上はぐるりと三フィート（約九十センチ）ほどの壁で囲われており、外からは見られないようになっている。天空の小部屋といった印象だ。

その中央に黒い棺が置かれている。

通常であれば、遺体はその中に安置されているはずだ。しかしわざわざ棺を開けて確認する必要はなかった。

遺体は棺の上に横たえられていた。

遺体は女性で、全裸だった。全身が紫色に変色しており、腐敗が進行しているため、年齢や人相は判別しづらい。しかし古い遺体ではない。この前の葬儀の時期と一致する。

何者かが遺体を棺から出して、死装束を剝《は》ぎ、棺の上に寝かせたのだろうか。見たところ、遺体に新たな傷がつけられたような痕跡《こんせき》は見受けられないが……。

なんのためにこんなことを？

エドワードは職業柄、屍体を見慣れてはいたが、このような形で冒瀆された遺体を見るのは初めてだった。

昨夜の人物がこれをやったのだろうか。それとも初めからこの形だったのか。このような形で遺体を葬るのが、『塔葬』のやり方なのだろうか。

エドワードは塔を下り、元通り扉を閉じた。それから近くに生えていた草をむしって、足跡の横に茎《くき》を置き、足跡と同じ長さに切り揃《そろ》えた。それをポケットにしまい、宿へ帰った。

宿の主人はまだ寝ているらしく、特に怪しまれることなく部屋に戻ることができた。


午後までひと眠りしたあと、エドワードが部屋を出ると、ちょうど宿の主人が廊下を掃除しているところだった。

「お疲れかい？　ドクター」

「ええ、まあ……それよりご主人、『塔葬』に立ち会ったことはありますか？」

「ああ、あるよ。二年前に叔父《おじ》が死んだ時だ」

「『塔葬』について少し教えてほしいんですけど……」

「何を知りたいんだい」

「遺体を棺に納めてから、塔の上に運ぶんですよね？」

「そうだよ。棺を運ぶのは遺族の役目だ。叔父は太ってたから大変だったよ。今じゃ笑い話だ」

「塔の上に運んだ棺はどうするんですか？」

「どうするって……別にそのままだが」

「置くだけですか？　棺を開けたりは？」

「棺を開ける？　そんなことするわけないだろう。まあ名残惜《なごりお》しくて、最後に蓋《ふた》を開けてキスするとか、そういう場合はあるかもしれんが……」

「たとえば棺の中から遺体を取り出すとかは？」

「はあ？　なんのためにそんなこと？」

「しませんよね……」

「どうしたんだ、ドクター。やっぱり疲れてるんじゃないか？」

「大丈夫です、ありがとうございました」

心配する宿の主人をその場に残し、エドワードは部屋に引き返した。

ズボンのポケットから、草の茎を取り出す。どうにかしてストークス男爵の靴を調べられないだろうか。

屋敷に出向いて「調べさせてください」と云うのは論外だ。男爵夫人の身を危険にさらすことになりかねない。

しかし証拠がなければ、塔に現れた人物がストークス男爵だとは断定できない。もしかすると遺族という可能性もある。単なる墓荒らしとも限らない。

どうしたものかと考えていると、絶好の機会が意外にも早く、向こうからやってきた。

男爵夫人の侍女が宿を訪ねてきた。

「お薬をいただきに参りました」

エドワードは彼女を部屋に通した。すると彼女は声をひそめて耳打ちしてきた。

「アメリア様からの言伝《ことづて》です。『調査はいかがですか』――」

「わかった。今処方箋《しょほうせん》を書くから、男爵夫人に渡してください」

エドワードはペンと紙を取り出し、急いで手紙を書いた。

『これがお求めの品です。足の裏に注意されたし。長さは処方の薬草と同じ。縦長の特徴的な傷に効果あり』

彼女ならきっと理解してくれるだろう。

手紙に草の茎を添えて折り畳み、気つけ薬と一緒に侍女に持たせた。そして特に詳しい説明はせずに送り出した。

返事は三日後に届いた。

『薬草、ぴったりでした。足の裏の傷にも合っていたのか、よく効きました。ありがとうございます』

どうやら足跡が一致したようだ。

やはりあの夜、塔に現れたのはストークス男爵で間違いない。

男爵には何か秘密がある。

──彼は何を企んでいる？

「ガードナー先生」唐突に侍女が口を開いた。「アメリア様は、その……屋敷を出たいとおっしゃっています」

「わかってる。しかし……」

彼女は男爵に殺されると思い込んでいる。実際のところはまだ、男爵の目的も意図もはっきりとしていないが、彼女の猜疑心《さいぎしん》はいまや最高潮に達しているだろう。

彼女に報告するのが早過ぎたかもしれない。エドワードは後悔していた。男爵の正体をもっとはっきりと暴いてから行動に移すべきだったのだ。

エドワードは迷った挙句《あげく》、侍女に言伝を頼んだ。

『入院の手続きを進めます。それまでお待ちください』

ひとまず侍女を送り返した。

なんとか屋敷を出られるように手配するしかない。病気で入院することにすれば、医師である立場を利用して、いろいろと助力できるだろう。しかしストークス男爵は納得するだろうか。

それから数日の間、侍女は現れなかった。

エドワードはその間、スカンソープへ行って病院の下見をした。市内には二つほど大きな病院があり、入院環境も整っている。うまく手配できれば、男爵夫人をここに連れてくることはできそうだ。

あとはどうやって男爵を納得させるかだが……

その問題についてあれこれ考えていると、屋敷から使いがやってきた。いつもの男爵夫人の侍女ではなく、召使いだった。

明日、エドワードを屋敷に招待したいという。

願ってもない機会だ。

エドワードは束《つか》の間《ま》喜んだものの、すぐに思い直す。なんの目的もなく自分を屋敷に招待などするだろうか？　特にパーティを催すわけでもなく、医者を必要としているのでもなさそうだ。

嫌な予感がする。

まさか勘づかれたのか？

あり得ない話ではなかった。男爵夫人の様子が以前とは違うことに疑いを持ったのか。それともすでに彼女から事情を聞き出したあとかもしれない。あるいはもう、彼女はこの世にいない可能性も――

迷った挙句、エドワードは招待を受けることにした。

翌日の午後。空の果てまで重たい雲が垂れ込めていた。今にも降り出しそうだ。屋敷へ向かう道の途中、いくつもの塔を見かけた。まるで死者たちがエドワードを見送っているかのようだった。

門の前で召使いが待っていた。彼に導かれるまま、屋敷の門をくぐる。前にも通った場所だが、以前よりも暗く、空気が淀《よど》んでいるような気がした。

玄関を抜け、応接間に移動する。

しかしそこにストークス男爵はいなかった。

「男爵は自室でお待ちです」

召使いの案内で、奥の部屋へ通される。

長い廊下を抜けると、その奥にストークス男爵の部屋があった。

召使いが扉を開ける。

男爵はこちらに背を向けて椅子に座っていた。机の上に並べた実験器具のようなものをいじっている。

「ガードナー先生をお連れしました」

召使いはそう云って、すぐに部屋から出ていった。

扉が閉じられる。

ストークス男爵はゆっくりと時間をかけて振り返った。その表情は何故だかとても憂鬱《ゆううつ》そうだった。疲れたような目を宙にさまよわせて、ようやく目の前のエドワードに視線を合わせる。

「わざわざお呼び立てしてすまない、ドクター」

「いえ、暇を持て余していましたので。一緒に狩猟でもやりにいきますか？」

「あいにく私は猟はやらんのでね」男爵はエドワードの冗談に笑みを浮かべた。「話し相手がいなくて困っていたんだ。少し付き合ってくれないかね？」

「僕でよければ、お付き合いします」

「助かるよ。この村の者たちとは話が合わなくてね。時々、前世紀の人間たちと会話しているんじゃないかと思う時がある」

「世界の海で冒険を繰り広げてきた『船長さん』と話が合う人は、なかなかいないでしょう」

「私は別に冒険自慢がしたいわけではない。ただ、私の生涯をかけた研究について話がしたいんだ」

「研究……というと？」

「明日のことは誰にもわからない……本当にそうだろうか？　いずれ科学の力で、未来のことがわかるようになると思わないかね？」

「未来予知ですか？　いくら科学が進歩しても、それは不可能でしょう。もしそんなことになれば人間社会は一変するでしょうね。あらかじめ勝ち負けの決まっている戦争なんて誰もしないでしょうし、結婚相手がわかっていれば無駄なパーティも開かれない」

　エドワードは冗談交じりに云ったが、ストークス男爵は笑わなかった。

「まもなく終わりが来る」

　彼は唐突に云った。

「……え？」

「研究の成果だ。私には未来がわかるのだよ」

　ストークス男爵の表情は、無に近かった。まるで生きた身体《からだ》の上に死者の頭が載っかっているようにさえ見えた。

「不可能です。未来を知ることなどできません」

「果たしてそうかな」

　ストークス男爵は机に向き直ると、引き出しを開けて、中からフリントロック・ピストルを取り出した。

　エドワードは思わず息を呑《の》み、あとずさった。

　しかしストークス男爵は銃口をエドワードに向けることはせず、自分のこめかみに向けた。

「一八二八年、私は船上で一度死んだ」呟《つぶや》くようにそう云って、遠い目をエドワードに向ける。「船はもう何日も悪天候に足止めされていた。この世の終わりのような嵐に見舞われる中、私は未来を悲観し、このように自らの頭に向けて引き金を引いた。ところが……その時船が大きく揺れて、弾は私の額をかすめただけに終わった。その直後、嵐は嘘のように治まり、私は故国に帰ってくることができたのだ」

ストークス男爵はピストルを机に置いた。そして右のこめかみに覗《のぞ》く傷跡を撫《な》でるように触れた。

「それからというもの、私は私財を投げうって、未来を知るための研究に時間を費やしてきた。一秒後の未来がわかれば、助かる命があるかもしれない。ドクター、私が『未来を知る』と云った時、何か超自然的な能力であるかのように想像しなかったかね？」

「科学では未来を知ることはできないのですから……それは超自然的な力だと考えるほかありません」

「そうではないのだよ、ドクター。科学は未来をも見通す」

ストークス男爵は机の上に置かれた円筒形の硝子瓶《ガラスびん》を指差した。

その透き通った硝子瓶は、無色透明な液体で満たされており、木製の台座に据えられていた。液体の中を結晶状の物質が雪のように舞っている。まるで硝子の中で吹雪《ふぶき》が吹き荒れているかのようにも見えた。

「……何かの実験器具ですか？」

「これはストームグラスという。中にはエタノールの溶液に、硝酸《しようさん》カリウムや塩化アンモニウムなど、特定の薬品が特定の配合で入れられている。元々は航海用の道具の一つで、ビーグル号にも同様のものが持ち込まれていたが、私はさらに複数の薬品を混ぜることで、改良を加えた。これは——天候を予測する道具だ」

「未来の天気がわかるんですか？」

「そういうことだ。たとえば液体の中に結晶が一つも見えず、綺麗《きれい》に透き通っていたら、まもなく空が晴れ渡る兆候だ。底の方に小さな結晶が溜《た》まり、濁ってきたら雨が降る」

「不思議ですね……どういう仕組みですか？」

「気温や湿度、大気圧などの条件によって、中の薬品に化学的な変化が生じて、結晶が生まれたり消えたりする」

「なるほど……これが未来を見通す科学ということなのですね」

「程度の低い話だとお思いかな？」ストークス男爵はエドワードの心を見透かすように云った。「未来の天気を知ることがどれだけ重要か、どうやらおわかりではないようだ。過去の戦争で、天候がどれだけ勝敗を分ける要因となってきたか、知らないわけではあるまい。雪は一個連隊を全滅させ、嵐は大艦隊を沈める。気象はどんな兵器よりも強力だ。人類はまだその事実に気づいてすらいない。このストームグラスも、単なる航海の道具に止《とど》まらない可能性を秘めている」

ストークス男爵の話を聞いているうちに、エドワードは素直に感心するようになっていた。今まで天気の行方に一喜一憂することはあっても、客観的に判断可能な形で予測しようと試みたことなどない。誰もがそうだろう。しかし男爵の云う通り、人類がもっと早く気象学を発展させていたら、歴史はまったく違うものになっていたはずだ。

「とても興味深いですね。あなたが気象学を研究しているなんて、村の人たちは誰も教えてくれませんでしたよ」

「残念ながら彼らに説明しても理解が及ばないらしい。世界の最先端をいく我がイングランドでも、このような田舎では未《いま》だに神やら精霊やら、非科学的なものの方がありがたがられている。天候の変化を科学的に説明するより、神の御業と云った方が納得するのだよ」

「男爵の研究によって、その認識もいずれ変わるようになるのでは？」

「どうかな」

ストークス男爵は疲れたような笑みを浮かべた。

エドワードはふと気づく。

「もしかして……この村の生産量が上がっているというのは、これのおかげですか？」

エドワードはストームグラスを指差して云った。

「理解できたかね？」男爵は肯く。「農業と天気の関係は切っても切り離せない。特にこの村は雨が降ればすぐに川があふれ、畑がだめになる。畑がだめになれば人はもちろん羊も牛も育たない。しかし未来の天候を知ることができれば、適切な時期に種を蒔《ま》き、適切な時期に収穫できるようになる」

「それでは……村人たちが『塔葬』のおかげと信じている恩恵は、実はあなたの気象学がもたらしたものだったと……？」

「いかにも」

ストークス男爵は指先でこめかみの傷をなぞりながら、椅子に深く沈み込んだ。

もし男爵の云うことが本当であれば、彼のマイルスビーに対する貢献は計り知れないものがある。それどころか、いずれはイングランド全体、そして世界中が男爵の研究を参考にするようになるだろう。

「人は、すぐには科学を信じない。世の中の理《ことわり》は神の手によるものだと、何千年も信じ込まされてきたからだ。たとえ私が、ストームグラスについて説明したうえで、今すぐに小麦を収穫しろと訴えても彼らは耳を貸さない。そこで取り入れたのが『塔葬』だ。塔は、いわば巨大な遺影だ。亡くなった遺族からの声には、誰もが耳を傾ける」

「つまり『塔葬』とは、この村に気象学的な生産システムを根づかせるためのものだった……ということですか？」

「その通りだ。結果は上々と云っていいだろう」

「しかし……それなら何故、そんなに浮かない顔をしているのです？」

エドワードがそう指摘すると、ストークス男爵はいよいよ深刻そうな顔つきで、ストームグラスを指差した。

「見たまえ。この結晶の吹雪を」

ストームグラスの中で吹き荒れている結晶は、さっきよりも激しくなっているように見えた。

「この状態は……どういう天気が予測されるのですか？」

「云っただろう？」男爵はそう云って、目を閉じながら首を横に振る。「終わりだよ」

「……終わり？」

「世界の終わりだよ。聖書を読んだことは？　ああ、私も真面目《まじめ》に読んだことはないから安心してくれ。しかし黙示録くらいは知っているだろう。人類の終焉《しゅうえん》が描かれているという、例のあれだ」

「ストームグラスが黙示録を告げているというのですか？」

「見ての通りだよ」

「そんな馬鹿な……」

「間もなく終わりの時が訪れる。可能なら今すぐに遠くへ逃げるんだ。ドクター、君を死なせるのは惜しい」

ストークス男爵は唐突に立ち上がり、鬼気迫る表情でエドワードの腕を引き、部屋の外へ連れ出した。

「男爵、あなたはどうするんですか？」

「私にはまだやることがある」

そう云って男爵は部屋に引き返し、扉を閉ざしてしまった。エドワードはすぐに扉に飛びついて、男爵に呼びかけたが、反応はなかった。

諦《あきら》めて帰るしかなかった。廊下の窓に雨が打ちつけられていた。来るときは降っていなかったのに。これが黙示録の始まりだろうか。

一人で応接間を抜けて、玄関へ向かう。外へ出ようとしたところで、誰かに呼びかけられた。

振り向くと、男爵夫人が不安そうな顔で立っていた。

「ガードナー先生、お元気でしたか？」

「あ、ええ……」

とっさのことに、云うべき言葉が見当たらない。ひどく動揺していた。

「男爵の様子はどうでしたか？」

男爵夫人は声をひそめて尋ねた。

「憔悴《しょうすい》しているように見受けられました。それから……ひどく混乱していらっしゃるようです」

「ここ数日、部屋にこもりっぱなしなんです。どんな話をされたんですか？」

「それが……」

エドワードは正直に話した。

説明しているうちに、男爵夫人の顔色はみるみる青ざめていった。

『終わりが来る』とは、そういう意味だったのですね。以前、男爵がそう呟いているのを聞きました」

「もし男爵の話が本当なら、何かよくないことが起きる前兆なのかもしれませんが……」

「男爵の話を信じたのですか？」

「すべてを信じたわけではありません。特に『塔葬』については、本当の事をおっしゃっているようには思えませんでした」

男爵は何故か夜になると、新しい塔へ足を運ぶ。はたして塔の上で何をやっているのか？

男爵はその点については何も説明しなかった。

「先生、こちらへ」

男爵夫人は速足で廊下の先へ歩いていってしまった。エドワードはためらいつつ、彼女のあとを追った。

階段を下り、たどり着いた先は地下室だった。ワインの入った樽《たる》が並べられている。男爵夫人は蠟燭《ろうそく》の灯かりを、部屋の隅に近づけた。

床にどす黒い染みが広がっている。

「お調べになって。おそらく人間の血だと思います」

エドワードは床に屈《かが》み込んで、染みに指を這《は》わせた。しかし染みは乾ききっていて、指先には埃《ほこり》がつく程度だった。ハンカチで擦《こす》ってみると、うっすらと黒ずむ。

「いくつかの薬品で試してみますが、それでも人間の血だとわかるかどうか……」

「きっと証拠になりますわ」男爵夫人は興奮気味に云った。「召使いから話を聞き出しました。前妻のマリーは煉瓦工のハイデンと不倫関係にあったそうです。しかも男爵はそれを知っていたというのです」

「男爵が嫉妬《しっと》から前妻を殺害した……そうおっしゃりたいんですか？」

「それ以外に考えられますか？」

「僕からは……確かなことは云えません」

「先生の報告を受けてから、私も男爵のことを調べてみたんです。やはりあの方は、夜になると塔へ足を運んでいました。侍女が確認しています」

「男爵が塔に出入りしているのは間違いなさそうですね。しかし何故……」

「以前、私が目撃した時は、男爵は別の塔へ行っていました。いつもその時一番新しい塔へ足を運んでいるのだと思います」

「新しい塔……」

新しい塔には何がある？

当然、新しい屍体だ。

男爵は新しい屍体を求めていたのか？

何故？

屍体を求めると云えば——

エドワードがエディンバラ大学に通っていた頃、そこで起きたある事件のことを思い出した。通称『バークとヘアの連続殺人事件』だ。バークとヘアの二人は、解剖実習用の遺体が医学校に高く売れると知り、次々に人を殺しては売りつけていたのだ。その事件は医学界に重大な影響を及ぼし、当時医学生だったエドワードにとっては忘れられない出来事になった。

もし男爵がバークとヘアを見習ったとすれば……

塔から遺体を盗み出して、売っていた？　なんのために？　生活を維持するためか、それとも研究資金を集めるためか。

いや、しかし遺体は盗まれてはいなかった。棺から出されてはいたものの、塔から持ち出そうとしていた痕跡は見受けられなかった。

まさか男爵が屍体愛好者だとでも云うのだろうか。噂には聞いたことがある。世の中には屍体しか愛せない偏執狂が存在するという。

もしそうだとすれば、『男爵に殺される』と怯える男爵夫人の考えは正しかったと云える。生きている相手を愛せなくても、殺してしまえば愛せるのだ。

その理屈で、前妻たちは殺されたのだろうか。

だとしたら、なんのための塔だ？

誰にも邪魔されずに屍体を愛するための場所だろうか。しかし、そのためにわざわざあんな強固な塔を建てる必要があるとも思えない。

「先生、このままだと私……殺されてしまいます」

男爵夫人はとうとう目に涙を浮かべ始めた。

エドワードは彼女のか細い腕に触れ、励ましの声をかけた。

「一時的にでも、ここを出られるように手配します。スカンソープの病院に掛け合っているところなので、もう少しだけお待ちください」

「一刻も早くお願いします」

エドワードと男爵夫人は地下から出て、さりげなさを装いながら、廊下で別れた。

外へ出ると、雨が強くなっていた。

エドワードは一人で屋敷の門をくぐる。

ふと視線を感じて振り返ると、屋敷の窓からこちらを覗くストークス男爵の姿が見えた。

3

そして終わりの日がやってきた。

雨が三日三晩続いた。空は黒い雲に閉ざされ、まるで夜の海のように見えた。マイルスビーの平原に立ち並ぶ塔は、ただ黒々と濡れていた。

終わりの日は、早朝、ストークス男爵の部屋の扉が開け放たれる音で始まった。音に気づいて駆けつけた召使いは、男爵がやつれた青白い顔に苦悶《くもん》の表情を浮かべながら、廊下を小走りに通り抜けていくのを見かけた。恐るべきことに、男爵の両手には大振りの斧《おの》が握られていた。

ただ事ではないと気づいた召使いは、すぐに屋敷中の使用人を呼んだ。男爵夫人も怯えた様子で起きてきた。屋敷を探したが男爵の姿は見当たらない。その時点で男爵はもう村の中心へと移動していた。

村人の一人が、奇声を発しながら家に近づいてくる男を目撃した。男爵だった。

『船長さん』と呼ばれて親しまれた優しい男の表情はそこにはなかった。男爵はおぞましい形相《ぎょうそう》で斧を振り回し、その民家の扉に刃を突き立てた。

悲鳴が上がった。

しかし激しい雨音がそれをかき消す。

男爵は扉を破るのに苦心している様子だった。右手の斧の刃が欠けた。男爵はそれを投げ捨てると、腰に差していた別の斧を握った。男爵のベルトには他に二本、斧の柄《つか》が差してあった。

扉がついに破られた。

その時、男爵の背後で別の悲鳴が上がった。たまたま通りがかった村人だった。村人は異様な現場を目撃し、一目散に逃げ出す。

男爵はその村人を追いかけ始めた。

何か奇声を発しながら。

だがそれを聞き取れる者は周りにはいなかった。

それから少し遅れて、エドワードのいる宿にも騒ぎが伝わった。ミルクを買いに行っていた宿の主人が血相を変えて、戻ってきたのだ。

「た、大変だ！　船長さんが……！」

宿の主人は、村の広場で斧を振り回す男爵の姿を見たという。村中で被害が出ているらしい、と彼は震える声で云った。

「一体……何が起こっているんですか？」

「こっちが聞きてぇよ！　どうしちまったんだよ、船長さんよぉ」

まさかこれが『終わり』なのか？

エドワードは宿を飛び出した。

「おい、先生！　今出たら危ねぇって！」

「屋敷へ行ってきます！」

男爵夫人は無事だろうか？

もしかしたら彼女が真っ先に被害を受けている可能性もある。エドワードはそう考え、屋敷へ走った。

雨が怒ったようにエドワードに降りかかる。思わず足を止めてしまいそうになるほどだ。この雨の中を進むには、全身を使って泳ぐように歩く必要があった。

ようやく屋敷に着くと、侍女や召使いたちがおろおろと門の周りをうろついていた。彼らはエドワードに気づくと、救世主でも現れたかのように「先生！」と声を上げた。

「男爵夫人は？　ご無事ですか？」

「ええ、特にお怪我《けが》はありません。けれどとても怯えていらっしゃいます。どうか先生……」

侍女に先導され、応接間へ移動する。

男爵夫人は薄いコートを羽織って、ソファに横になっていた。

「先生！　いらっしゃってくださったのですね！」

男爵夫人は身体を起こして云った。青ざめた顔に、少しだけ赤みが戻ったようだ。

「何があったんですか？」

「男爵が……とうとう……」

誰もその先を言葉には出さなかったが、ついに終わりの時が来たのだということは、はっきりと感じられた。

男爵の身に何が起きたのだろうか。

一八二八年、彼は船上で嵐に閉じ込められ、未来を悲観し、最後は自分に銃を向けた。自分を殺すことで、世界を終わらせようとしたのだ。

そして今度は、世界そのものを終わらせようとしているのだろうか。

何故──

「男爵の部屋を見てみましょう。何かわかるかもしれません」

男爵の部屋へ向かうと、男爵夫人も黙ったままついてきた。

部屋の扉は開け放たれたままになっている。戸口からは、本や実験器具の散らかった室内が窺えた。

エドワードはおそるおそる部屋に足を踏み入れた。背後にはぴったりと男爵夫人が寄り添っている。

床に散らばった本を見ると、多くは気象や自然現象について書かれたものだった。彼が気象学を研究していたのは本当だろう。天候に恵まれない苦難の船旅を経験したことで、気象学に傾倒し始めたのだとしても、不自然ではない。

しかしそれがどのようにして、今日に繋《つな》がったのか……

机の上のストームグラスは、この前見た時よりも、硝子の中で激しく結晶の吹雪を散らしていた。

「先生、あれ」

男爵夫人が震える指先を、床に散らばった紙に向ける。

そこには絵が描いてあった。裸の男性だ。エドワードはその紙を拾い上げた。描かれた男性の身体には、ところどころアザのようなものが書き加えられていた。絵の横に説明書きがある。

『十二日目。西側に死斑《しはん》が集中』


「これは……屍体の検視をしている……？」

「他にもまだ同じような紙がたくさんあります」

男爵夫人が床を示す。

そこには無数の屍体の絵が落ちていた。若い女性の屍体もあれば、老人男性の屍体もある。屍体、屍体、屍体……それは山のように積み上げられた屍体の観測日誌であった。それぞれ日付や特徴が書き込まれている。

「男爵は塔で屍体を観察していたのか……」

「何故そんな恐ろしいことを？」

「わかりません。調べてみましょう」

エドワードは一枚一枚、紙をめくっていく。

そしてある書き込みに目がとまった。

『塔に鳥、珍しい。屍体をついばむ様子はない。
全身の硬直が顕著。雨の兆候』

「鳥……ですか？　確かにこの辺りには、屍肉を漁《あさ》るような鳥はいませんが……」

男爵夫人が首を傾げながら云った。

「いえ、それよりも最後の部分です。『雨の兆候』……他の紙にも『夏が早まる可能性』とか『三日後に初雪』といった天気や気候に関する単語が見受けられます」

「それはつまり……？」

「男爵が気象学に傾倒していたことを考えると……屍体観察もまた、気象学の一環だったのではないでしょうか」

「気象学？　どういうことですか？」

「いわば……屍体気象学です。男爵は、一定の条件下に置かれた屍体が、一種のストームグラスと同じような反応を示すことに気づいたのではないでしょうか。それで塔の上に屍体を置き、気象と屍体現象の関係を調べていたのです」

そう考えると、男爵がこの村で『塔葬』を広めていた理由もわかる。塔は屍体を同一条件下に置くための台座――つまり屍体気象学における実験台だったのだ。

「そこまでして男爵は未来の天気が知りたかったのでしょうか……」

男爵夫人が消え入るような声で呟く。

「船上での経験が、彼をそうさせたのでしょう。彼は黙示録に書かれているような破局的天候……つまり嵐が来るのを恐れていたのです。そのため、天気を知る手段ならなんでも試そうとした。屍体気象学もその一つでしょう。彼は元軍人ですから、戦場で屍体をいくつも見ているはずです。おそらくその時に屍体と天候との関係に気づいたのでしょう」

「屍体の状態で、天気を知ることができるものなのですか？」

「どうでしょうか……屍体が気温や湿度によって、状態が変わっていくことは知られていますが……そこから天気を予測することができるとは思えません」エドワードはストームグラスを手に取り、結晶を見つめた。「しかし男爵は、自分の中に積み上げた幻の気象学によって、『終わりの日』が来ることを予知してしまったのです。彼にとってそれが、今日だった……」

「思い込みが、ついに限界に達してしまったのですね」

「おそらく……」

「前妻の件はどうなのでしょう。彼は前妻を殺したのですか？」

「それはわかりません。ただ、よほど屍体気象学にのめり込んでいたのだとしたら、常に観察対象を必要としていた可能性はあります。ですから身近な人間を殺して……」

「それ以上はおっしゃらないで！」

男爵夫人は首を竦《すく》めて、耳を塞《ふさ》いでしまった。

「このまま男爵を放っておくわけにはいきません。どうにかして止めないと……」

エドワードは机の上にピストルが置かれていることに気づいた。火薬と弾丸は引き出しの中に入っていた。エドワードは慣れない手つきで弾丸を込め、それを手に部屋を出た。

男爵は今、何処で何をしているのか。

話が通じる状態なのか。

とにかく会ってみるしかない。

早く彼を止めなければ！

エドワードは屋敷を飛び出した。雨が矢のように空から降り注ぐ。エドワードは銃が濡れないようにコートに隠した。

相変わらず門の辺りで召使いが立っている。しかし様子がおかしかった。召使いの視線の先には――ストークス男爵が立っていた。

両手に斧を握っている。

濡れそぼった髪が顔を覆い隠し、表情は窺えない。興奮しているのか、全身で大きく呼吸している。彼の暗い影が、水たまりの上で雨に打たれて歪《ゆが》んでいた。

エドワードには彼がまったくの別人に見えた。そこにいるのは一八二八年に死んだはずの、ストークス船長だったのかもしれない。

「どうしてここに……」ストークス男爵が振り絞るような声で云った。「何故ここにいるっ！　ドクター！」

「男爵、落ち着いてください！　あなたは勘違いしているんです！」

「私は何も間違っていない！」

男爵は怒鳴《どな》りながら、エドワードに向かってきた。

「男爵、考え直してください！」

「終わりの日だ！　見ろ！　これが終わりの日なんだ！」

斧を振り回しながら、雨空を示す。

エドワードは思わずあとずさった。

それを見て、男爵はエドワードを捕まえようとするかのように、一歩を踏み出した。

雨の中、斧の刃先が閃《ひらめ》く。

エドワードはとっさに逃げるように身を引いた。その際に、コートに隠したままの銃の引き金を引いてしまった。

鈍い音がして、男爵の胸に穴が開いた。赤く飛び散った鮮血が、雨に混じって降る。男爵は斧をその場に落とし、ふらふらと歩き出すと……エドワードに向かって倒れ込んだ。

エドワードは抱きかかえるようにして、男爵を支えた。

男爵夫人が悲鳴を上げる。

終わりの日。

男爵、あなたの旅はこれで終わりました。

どうか安らかに――

男爵はエドワードにしがみつくようにしてくずおれると、最後に一言、呟いた。

「逃げろ」

その日、大雨によりトレント川の土手が決壊した。

大量の水が低地へ向かって流れ込み、大規模な洪水がマイルスビーを襲った。浸水は高さ三十フィート（約九メートル）に及び、周囲一帯は完全に水没した。

マイルスビーは地上から消えた。


一方、マイルスビーの村人たちは早朝から男爵の騒ぎによって目を覚ましており、足元に水が溢《あふ》れ出した時点で兆候を察知し、避難を始めていた。奇跡的にも犠牲者は一人も出なかったという。見渡す限りの平原が広がる土地で、村人たちに逃げ場などないように思われたが――

彼らは塔に避難することで、洪水から逃れることができたのである。

さかさま少女のためのピアノソナタ

1

放課後、ふらりと立ち寄った古書店で、聖《せい》は奇妙な本を見つけた。

その古い本は、棚の高い位置にささっていて、聖がその隣にある参考書を抜こうとした時に、一緒に抜けて落ちてきた。そのまま羽ばたくようにページを広げて、伏せた状態で床に落ちた。

Ａ３サイズの大きめな本だ。布張りされた紺色の装丁にはところどころ綻《ほころ》びがあり、しばらく風雨にさらされていたのではないかと思えるような汚れが目立った。表紙にドイツ語で何か書いてあるが、よくわからない。

拾い上げて、何気なくパラパラと開いてみると、どのページにも楽譜が載っていた。どうやら古い楽譜集らしい。ざっと見たところ、有名な曲の楽譜は一つもなく、何処《どこ》の素人《しろうと》が書いたともしれない陳腐な楽譜ばかりが無数に掲載されていた。

聖はうんざりした表情で本を閉じた。楽譜なんかとは無縁な日々を、ここ何年か過ごしていたというのに。

本を棚に戻そうとして、頭上に持ち上げた時、ふと端から紙切れがはみ出しているのに気づいた。何かが本に挟まっているようだ。

そのページを開くと、二つ折りにされた四枚の紙切れが出てきた。

広げてみる。それもまた楽譜だった。紙質からみて、楽譜集とはまた別に作られたもののようだ。どうやらピアノ曲らしい。

よく見ると、一枚目の楽譜の片隅に、日本語の走り書きがあった。

『曲名・さかさま少女のためのピアノソナタ
作曲家名・不明』

おかしな曲名だ。

それよりも気になったのは、その横に書き込まれていた一言だった。

『絶対に弾いてはならない！』

楽譜の端々には、点々と黒い染みがある。それは飛び散った古い血痕《けっこん》のように見えた。

弾いてはならない曲とは、一体どんなものだろう。

そんなピアノ曲があるなんて聞いたこともなかった。聖はピアノとは縁を切ったつもりでいたが、その謎めいた曲のことが気になった。

どうして弾いてはならないのか？

弾くとどうなるのか？

聖は楽譜を折り畳んで本に戻し、それを持って古書店の主人の元へ向かった。

「あの……この本なんですけど……」

「値段書いてないやつは百円ね」

「いえ、そうじゃなくって……これ、なんの本なんですか？」

「んん？」主人は老眼鏡を動かしながら本を眺める。「『ドイツの無名作曲家の楽譜集』――ドイツ語でそう書いてある。それ以上は読めん」

「中に折り畳まれた楽譜があったんですけど」

「そりゃあ楽譜集だから、当然あるだろう？」主人は訝《いぶか》しむように聖をじろじろと眺める。「で、それ買うの？」

今さら何も買わずに立ち去るのは気が引けた。仕方なく聖は百円を払って、それほどほしくもない楽譜集を購入した。帰り道、ビニール袋に入れられたその小汚い本が、やたら重たくて、無性に憎たらしかった。

受験勉強の合間に、ふと気になって『さかさま少女のためのピアノソナタ』についてインターネットで調べてみた。ところが情報はネットの中にも転がってはいなかった。

古書店を訪ねて、もう一度楽譜集について訊《き》いてみたが、要領を得ない答えばかり返ってきた。そもそも主人は、あの本がいつからそこにあったのかすら覚えてはいない様子だった。

弾いてはいけない曲。

考えれば考えるほど謎だった。楽譜を読んで、その曲を想像する分には、それほどおかしな点はない。演奏時間はせいぜい五分程度だろうか。少しアクロバティックな指使いを要求される箇所が二、三あるが、リストやラフマニノフと比べたら易しいものだ。曲調は暗く静かで、冬の最果てを思わせるような冷たさや痛みが何処となく感じられる。

実際に弾いてみれば早い話かもしれない。聖は幼い頃からピアノを習っていたので、弾こうと思えば弾けることはわかっていた。しかし家にはもう、ピアノはない。中学三年生の時のピアノコンクールで、地元期待の天才少年ピアニストとして全国大会へ送り出されていながら、ビリという結果を携えて帰郷したその日から……もうピアノには触ることができなくなった。鍵盤に触れようとすると、指が震える。音楽学校へ進むつもりだったが、それも難しくなり、ピアノは処分した。

そういえば学校に使われていない音楽室があり、そこにグランドピアノがある。鍵はかかっていないので、休み時間にこっそりピアノで遊んでいる生徒もいる。誰もいないタイミングでそのピアノを借りれば、弾くことは可能だ。

ピアノに触れることを想像したら、未《いま》だにかすかな恐怖心すら湧《わ》き起こるが……聖はそれ以上に、『さかさま少女のためのピアノソナタ』という謎の曲に興味を引かれつつあった。

一体どんな曲なのか。

その謎を解き明かすヒントは、意外と近くにあった。

古書店で買った楽譜集を何気なくめくっていると、あるページにうっすらとアルファベットの書き込みがあるのを見つけた。

『1921 Albert Miller』

『1943 Ethan Franklin』

人名だろうか。頭の数字は西暦だろう。

それを元にインターネットで調べてみると、この二人はどちらも音楽家であることがわかった。英語のオカルト情報や都市伝説を扱っているサイトに、その名前が出てくる。

二人にはある共通点があった。

『誰にも聞くことのできない曲に挑戦した音楽家』というものだ。

サイトの説明によると――

中世のドイツから伝わる、ある呪われた曲。その曲は楽譜が存在するにもかかわらず、何故《なぜ》か今まで誰も聞いたことがないという。その伝説を確かめようと、一九二一年にアメリカでアルバート・ミラーという人物が、ピアノで演奏を試みた。ところが演奏中、ガス爆発が起こり、ピアニストでもあるアルバート・ミラーの両手は粉々に吹き飛ばされてしまった……

一九四三年のイーサン・フランクリンの例も、似たようなものだった。彼は『誰にも聞くことのできない曲』に挑戦したが、演奏中のホールに軍用のトラックが突っ込み、その事故で両腕の切断を余儀《よぎ》なくされたという。

彼らが弾こうと試みた曲が、この『さかさま少女のためのピアノソナタ』なのかどうかはわからない。サイトの記事には曲名は書かれていなかった。

しかし『絶対に弾いてはならない！』という走り書きや、過去の犠牲者の名前が本にメモされていたことからみても……これこそが『呪われた曲』である可能性が高いのではないだろうか。もしかしたら記事にはなっていないだけで、この曲を弾こうとして犠牲になった音楽家たちが世界中にいるのかもしれない。

聖は何度か、楽譜を見ながら頭の中でその曲を演奏してみた。『呪われた曲』と呼ばれるほど、おどろおどろしい雰囲気はない。むしろ美しいメロディラインだ。

やはり『呪われた曲』などというのは、都市伝説に過ぎないのだろう。弾いたところで何かが起きるわけがない。

しかしもし……噂《うわさ》や都市伝説が本当だったとしたら？

演奏者の両腕を吹き飛ばす曲――

なるほど、興味深い。

その曲のことを知れば知るほど、弾きたくなっている自分がいることを、聖は気づき始めていた。

それは一種の破滅願望に近いものだったのかもしれない。

ある雪の日、聖は決意した。

『さかさま少女のためのピアノソナタ』を弾く。

その日の午前中、聖が受験した大学の合格発表があった。聖は不合格だった。ずっと無気力に生きてきたツケを払わされているのだと、聖は思った。音楽の道が絶たれて、やむを得ず選んだ普通の道さえ、自分には許されなかった。世界から拒絶された気分だった。

久しぶりに登校したその足で、教室には行かずに、音楽室へ向かった。

冬の音楽室は凍った湖の上にいるみたいに寒かった。しかしあえて指を温めることもせず、聖は無造作に譜面台に『さかさま少女のためのピアノソナタ』の楽譜を置き、ピアノの前に座った。

ピアノの前に座るのは数年ぶりだ。

けれど何を恐れる必要がある?

自分が弾くのは、演奏者を殺すかもしれない呪いの曲だ。それで腕が吹き飛ぶなら、それでもいい。もう二度とピアノのことも、人生のことも考えずに済む。きっと、これは過去との闘いではなくて……門出なのだ。

そして聖は鍵盤の上に指を置いた。

軽く鍵盤を撫《な》でるように指を動かす。大丈夫。怖いものなどない。ガス爆発とかトラックが突っ込んでくるとか隕石《いんせき》が落ちてくるとか、いっそすべて本当に起きてしまえばいいのに。

聖は何気なく置いた指で、楽譜の最初の一音を奏でると――そのまさりげなく流れに身を任せるようにして、『さかさま少女のためのピアノソナタ』を弾き始めた。

指は動く。

リズムも悪くない。

けれど――何かがおかしい。

異変にはすぐに気づいた。ピアノの音があまり響かない。周囲を見回す。もともと静かな場所だが……静けさを通り越して、まるで空気がぴたりと静止しているかのように感じられる。

聖は演奏を続けながら、ふと顔を上げて、窓の外を見た。グランドピアノは窓辺に置かれているため、外の風景がよく見える。

その時、聖は自分の目を疑った。

空から降る雪の結晶一つ一つが、宙に静止している。まるで写真を見ているかのようだった。

時が——止まっている。

聖は少しの間、窓の外に目を奪われていたが、その間も指を止めることはしなかった。頭の中で何度か演奏した経験が活《い》かされていた。

演奏を止めてはいけない。

聖は直感的に理解していた。

過去にこの曲を弾いた者たちは、同じように世界の異変を目の当たりにしたはずだ。そして驚きのあまり、一度演奏を止めた可能性がある。

だが……演奏を止めてはいけないのだ。

もしここで演奏を止めれば、アルバート・ミラーやイーサン・フランクリンのようになるのではないか。

もし彼らが指を止めず、演奏に成功していたら？　時が静止した世界には、観客は自分しかいない。だから誰もその曲を聞くことができない。これが『誰にも聞くことのできない曲』の秘密だ。

聖はそう理解した瞬間、恐怖に襲われた。

演奏自体は難しい曲ではないが……もし一音でも間違えたらどうなる？

演奏の中断とみなされて、なんらかの事故が起きる可能性はないだろうか。

それともこの考え自体が妄想に過ぎないだろうか。

こんなことなら、ちゃんと指を温めておけばよかった。

演奏時間は体感でおよそ五分……その間、世界は時を止めたままだった。

そして無事に曲を弾き終え、最後の一音による弦の震えが止まった時——再び時は動き始めた。

ほっとして振り返り、壁掛け時計を見ると、やはり針は一分も進んでいなかった。

曲の秘密を知ったことで、聖はまたピアノから遠ざかった。何より、あの雪の日の体験が、聖を躊躇《ちゅうちょ》させた。時を止めた世界。そして一音でも間違えれば起きるであろう惨劇。雪の結晶が宙に舞う、あまりにも美しい世界で、聖はピアノの向こうにあるもの——すなわち破滅の存在を知ってしまった。

聖は曲について今までわかったことをメモに書き足し、それを机の奥にしまった。

『曲名・さかさま少女のためのピアノソナタ
作曲家名・不明

演奏時間・約五分
備考
・演奏を続けている間、演奏者以外の時が止まる。
・演奏を途中で止めた場合、両手を失う？
・一音でもミスした場合、両手を失う？』

2

春が来て、卒業式の朝が訪れた。

校舎の窓辺では、散った桜の花びらが、迷うようにくるくると舞っていた。

聖は『さかさま少女のためのピアノソナタ』を弾いた日からずっと、行き場を探している。

クラスメイトたちは輝かしい卒業を迎える。自分がその中に含まれないことは、痛いほどわかっていた。卒業しても行く場所がない。音楽大学に行くために浪人する――そんなのは嘘《うそ》だと、みんな気づいているのだろう。

聖は教室には顔を出さずに、音楽室へ向かった。

自由にピアノが使えるのは、今日で最後になる。何一つ思い出のない高校生活だったが、このピアノで体験した出来事は、一生忘れることはないだろう。

壁掛け時計の針は九時五分を指している。講堂で卒業式が始まった頃だろう。

聖は楽譜を置き、ピアノの前に座った。

卒業だ。

卒業したら……何もない。

ピアノさえも。

聖は最後のつもりで、鍵盤の上に指を置いた。どうせ今日で終わりなのだ。何処にも行き場なんてない。だったら——終わりにふさわしい曲を、自分に捧げてみよう。

それでもし本当に終わったとしても、その時はその時だ。

指はもう、震えない。『さかさま少女のためのピアノソナタ』を無事に演奏し終えた経験から、度胸がついたのかもしれない。

いつか、もう一度みんなの前でピアノを弾けるようになるだろうか。

聖はいつものようにさりげなく——失うなら失ってもいいと、諦《あきら》めたような顔つきで——最初の一音を弾いた。

その時——

視界の端で何かが動いた気がして、はっと、そちらを見やった。

窓の外、上階から、女子生徒が落ちてきた。

心臓が飛び出しそうになったが、指先は冷静だった。演奏を止めずに済んだ。

そして『さかさま少女のためのピアノソナタ』によって世界の時は止まり――

落下する女子生徒は、音楽室の窓のすぐ外で、空中に固定されたままになってしまった。

長い髪が、スカートが、桜の花びらの海の中で広がっている。まるで深い海へと沈んでいくかのような姿だ。彼女の顔はこちらを向いていて、聖のことを凝視したまま、停止していた。

同じ学年の女子と思われるが、聖は彼女のことを知らなかった。少なくともクラスメイトではない。たぶん彼女も、自分のことを知らないだろう。本来なら卒業式の今日、互いによく顔も知らないまま、別れる運命にあったはずだ。

それなのに……

彼女は驚愕《きょうがく》したような顔でこちらを見ている。

それは死を前にして怯《おび》えている表情なのか？

それとも音楽室に見知らぬ男子がいて、目が合ってしまったことに対する驚きなのか？

とにかく演奏に集中しなければならない。動揺して一音でも間違えたら終わりだ。

けれど……

このまま演奏を終えたら、彼女はどうなる？

いや、結果はわかりきっている。演奏終了と同時に時が動き出し、彼女は地面に叩《たた》きつけられる。そして死ぬだろう。

この時間、他の生徒や教師たちは卒業式で講堂に集まっている。校舎には誰もいないはずだ。だからたぶん、彼女が何者かに突き落とされたという可能性は低いだろう。おそらく飛び降り自殺だ。よく見ると、彼女は靴を履いたままだったが……自殺者が必ず屋上に靴を揃《そろ》えて置いておくとは限らない。

『さかさま少女のためのピアノソナタ』は演奏の中盤に入った。

それにしてもなんて皮肉な曲名だ。

まるで彼女に捧げられた曲のようだ。

聖はちらりと横目で、再び彼女のことを見やった。

すると彼女の方も、こちらを見た。

聖は思わず悲鳴を上げそうになった。

肩が震えて、鍵盤から指が離れそうになる。

なんとかこらえた。

聖は落ち着いてから、もう一度、窓の向こうで宙に浮いている彼女のことを確認した。

目が動いている。

静止した時間の中で、目だけがきょろきょろと周囲を見回している。

もしかして……

「見えているのか？」

聖は窓越しに呼びかけてみた。

すると彼女は返事をするように、両方のまぶたを一度、閉じた。

どういうことだ？

時は止まっているけれど、彼女には意識があり、見ることも聞くこともできているようだ。

死に際の人間だから、時の止まった世界に意識を残すことができた？

いや、それよりも……演奏を始める瞬間に目が合ったことがきっかけだったのではないだろうか。

「これ、どういうこと？」

窓の外から声がした。

彼女が喋《しゃべ》っていた。

「喋れるのか？」

思わず訊き返す。

「喋れる」

彼女の口元が確かに動いていた。しかし顔の向きを変えたり、身体を動かしたりすることはできないようだ。

「どういうことなの？」

彼女はもう一度、訊いた。

尋ねられても、どう答えたらいいのか、聖にはわからなかった。ピアノの演奏で時を止めているんだ、なんて話が伝わるだろうか。

そうしているうちに、演奏は終盤に差し掛かっていた。

このまま説明せずに、彼女を無視して、最後まで演奏を続けることはできる。しかし死にゆく者に対する態度として、このまま黙っていることはできそうにない。

「このピアノの影響だ」聖は簡潔に云《い》った。「演奏することで時間が止まる。君はたまたま、止まった時間の中に迷い込んだ」

「ピアノ……」

彼女は呟《つぶや》くように云った。窓越しなので、その声はほとんど聞こえなかった。

まもなく演奏が終わる。

終わってしまう。

「最後に綺麗《きれい》な曲が聞けてよかった」

彼女はそう云った。

たぶん彼女には、死に際に見る夢か幻のように見えているだろう。事故で死にかけた人が、気を失う前に、世界がスローモーションで流れているように感じるというあれだ。彼女の中では、そんな理屈が組み立てられているはずだ。

もうすぐ最後の一音——

こんなことになるなら、やっぱりピアノなんて弾きにくるんじゃなかった。弾きにきたせいで彼女と目が合ってしまった。目が合うなんてことさえなければ、彼女の死に責任を感じることなんかなかっただろう。

けれどいまや、この演奏が彼女の命をつなぎとめている。

知らず知らずのうちに、彼女の死の一端を握らされることになってしまった。

演奏が終われば時が動き、彼女は死ぬ。

そんなこと受け入れられない。

聖はいちかばちか、最後の一音を叩いたあと――弦の震えが止まる前に、楽譜を頭から繰り返して演奏を続けてみた。

時は――止まったままだった。

思っていた通りだ。『さかさま少女のためのピアノソナタ』の演奏が続く限り、時が動き出すことはない。

また五分、彼女は飛び降り中のまま、そこに留《とど》まり続けることができる。

ミスタッチさえなければ……。

「君、名前は？」

聖は再び、彼女に呼びかける。

彼女の瞳《ひとみ》には、いまだに死が訪れないことに、不審を感じている様子が窺《うかが》えた。

聖は演奏しながら椅子《いす》から立つと、窓に向かって首を伸ばし、顎《あご》を使ってどうにか鍵を開け、そのまま窓を開けた。その滑稽《こっけい》な動作を、彼女はじっと見守っていた。

これで声が通りやすくなったはずだ。

「僕は黒木《くろき》聖。３‐Ｅ。君は？」

「A組……吉野八重《よしのやえ》」

「ああ、いつも成績優秀者の掲示で見かける名前だ。君がそうなのか」

聖は彼女に話しかけながら、一体何をしているのだろうと自問していた。別に彼女と世間話がしたいわけじゃない。何をしたらいいのか、自分でもわからないのだ。

今は演奏を続ければいい。

だけど、その後はどうする？

まさか彼女が空中で寿命を迎えるまで、演奏を続けるのか？　そんなことできるはずがない。

いつか決断しなければならない——

「吉野さん、身体《からだ》、動かせる？」

「……動かない」

「動くのは目と口だけ？」

「そう」

彼女の受け答えは、まだ何処か夢の中にいるような鈍さが抜けきっていなかった。

「先に聞いておくけど……誰かに突き落とされたわけじゃないよね？」

「自分で……飛んだ」

やはり飛び降り自殺か。

だからといって、見殺しにはできない。もう関わってしまった以上……

「まだ意識がはっきりしていないかもしれないけど、聞いてくれ。君は今、飛び降り自殺の最中のまま、止まった時の中にいる」

聖はこの状況を一から丁寧に説明して聞かせた。古書店で楽譜に出会ったことから、『さかさま少女のためのピアノソナタ』という曲が秘めている不思議な力のことまで。

「あなたがその曲を弾き続けている限り、私はこのまま……？」

「そう」

「だったら……もういいです。演奏を止めてください」

「残念ながら、途中で止めると僕の両腕が吹っ飛ぶ。止めるなら演奏が終わる時しかないけど……」

その演奏終了の時が近づいてきた。

聖は意識を鍵盤に集中し直して、再び頭から演奏を繰り返した。

「終わらせるわけにはいかない」

「どうして……あなたには関係ないことでしょ？」

何故だか彼女はいら立っているようだった。

「もう遅い。目が合った。言葉も交わした。名前も知った。もう関係してしまったんだよ。確かに君が自殺しようが、それは僕には関係ないことかもしれない。けれど僕が演奏を止めることは、君を殺すことになる」

「別にあなたのことを恨むつもりはないから。どうせ私のことなんてすぐに忘れるでしょ。この次は……演奏を続けないで」

「いや、できない」聖は立って演奏を続けたまま、なんとか窓に近づこうとする。

「演奏を終わらせて、君を死なせたら……たぶん一生後悔する。きっと死んだ方がマシだって思えるくらい後悔する」

「ごめんなさい。ろくでもないことに巻き込んでしまって。私、いつもそうだ。いつも誰かに迷惑かけてばかり……」

彼女は泣き出しそうな声で云った。

「巻き込んだのは僕の方とも云える。だから責任は取る。なんとか君を助けたいんだ。こうして演奏しながら……その方法がないか考えてる」

「無理。私なんか助けなくていい。責任を感じる必要はない。私は百パーセント、私の責任で死ぬの」

「詳しい事情はわからないけど……死ななきゃいけない理由なんてあるはずないだろ」

「ううん、ある。私、お父さんとお母さんを裏切っちゃった。みんなの期待に応《こた》えられなかった……大学、落ちちゃったの……」

「……なんだって？　君もか？　僕も同じだよ。だから卒業式にも出ずに、こんなところでサボってたんだ」

「あなたも……？」

「身近なところに仲間がいたな」

聖は笑って云った。少し緊張が緩んで、ミスタッチしそうになる。表情を引き締め直して、鍵盤に向かった。ここで間違えたら、何もかも台無しだ。

「僕も死にたいと思ったけど、死ねるほど勇気もないし、死に方を決められるほど頭もよくない。それなのに君はすごいな。よく飛び降りられたよな。勇気がある」

「別に勇気を出して飛び降りたんじゃない。ただ逃げたい気持ちで一杯で、他に逃げる場所がなかったから……」

「腕、こっちに伸ばせないか？」

「身体は動かない」

「せめて片手でも使えれば……何か使って君を引き寄せられたかもしれないのに……」

もどかしい。

なんとか足を伸ばそうとしてみるが、到底《とうてい》窓の外に浮かぶ彼女までは届きそうにない。

「時間は止まってても、引き寄せることくらいはできるはずなんだ。窓も椅子も動く。それなら君を窓のこちら側に引き寄せることもできるはずだ」

「黒木さん、ありがとう。もういいよ。あなたからこの現象の説明を聞いて、私にはわかったの。私が生きられる可能性はゼロだって。私を助ける方法なんてない。あなたより成績優秀な私が云うんだから、信じたらどう?」

「いや、何か方法はあるはずだ。絶対に君を助ける」

「もう指も腕も、疲れてきたでしょう。音も弱くなっている。せいぜいあと一周……演奏を続けられるかどうかってところじゃない?」

「まだ続けられる」

「続けてもミスタッチで終わるでしょうね。だったらちゃんと弾けるうちに、演奏を終了させておいた方がいい。これは……私からのお願い。私なんかのために、腕をなくす必要なんてないから。もしそれがペナルティだとでも思っているなら……そんな考えすぐに捨てて。私のために思うなら、演奏を止めるの。いい？」

「君は……僕なんかの演奏を綺麗だと云ってくれた。だから……死なせたくない！」

「お願い。次は演奏を続けないでね」

演奏は中盤をすぎ、終盤にさしかかっていた。

きっと何か、彼女を救い出す方法があるはずだ。

けれど何も思いつかないまま、自分の指が、一音ずつカウントダウンを刻んでいく。

窓の向こうの彼女は、あえてもう喋らないことにしたようだ。ずっと黙ったままだった。

指が、終わりを運んでくる。

彼女の云う通り、聖の指先はもう限界に近かった。

あと三小節。

彼女の口元が、さよならと動く。

あと二小節。

聖は覚悟を決めた――

あと一小節。

そして——最後の一音。

3

聖は静かに演奏を終えた。

指も腕も、全身が限界に達していた。

ぐったりと鍵盤に突っ伏す。

次の瞬間——

何か大きな音が鳴り響き、音楽室の空気が揺さぶられた。

聖はゆっくりと顔を上げる。

よかった。今の音は、何かが地面に墜落する音などではなく——

音楽室の扉が開け放たれた音だった。

そして戸口に姿を見せたのは——吉野八重だった。

「僕の一世一代の演奏、確かに君に届いたんだな」

「これ……どういうことなの……？」

「ベートーベンの話を思い出してね」

彼女は音楽室に入り、ピアノを覗《のぞ》き込む。そして譜面台に立てられた、古びた楽譜を見て、すべてを理解したようだった。

「卒業式が終わるまで……僕の演奏を聴いていかないか?」

聖は笑って云った。

彼女は目元の涙を拭《ぬぐ》いながら、肯《うなず》いた。

壁掛け時計は九時ちょうどをさしていた。

楽譜台の楽譜は、上下さかさまに置かれていた。

本書は、二〇一九年一月に小社ノベルスとして刊行した
『千年図書館』を改題、改稿したものです。

|著者| 北山猛邦　1979年、岩手県生まれ。2002年、『「クロック城」殺人事件』で第24回メフィスト賞を受賞しデビュー。物理トリックへの並々ならぬこだわりから「物理の北山」と呼ばれ、本格ミステリ界で注目を集めた。また繊細な人間ドラマと優しいキャラクターの切ない物語にも定評がある。代表作に「城」シリーズ、「名探偵音野順の事件簿」シリーズ、「猫柳十一弦」シリーズ、ゲーム『ダンガンロンパ』のノベライズシリーズ、短編集『私たちが星座を盗んだ理由』など。近著に『天の川の舟乗り 名探偵音野順の事件簿』がある。

さかさま少女《しょうじょ》のためのピアノソナタ

北山猛邦《きたやまたけくに》

講談社文庫

定価はカバーに
表示してあります

2021年7月15日第1刷発行

発行者――鈴木章一
発行所――株式会社 講談社
東京都文京区音羽2-12-21　〒112-8001
電話 出版 (03) 5395-3510
　　 販売 (03) 5395-5817
　　 業務 (03) 5395-3615

KODANSHA

デザイン―菊地信義
本文データ制作―講談社デジタル製作
印刷―――豊国印刷株式会社
製本―――株式会社国宝社

Printed in Japan

ISBN978-4-06-523680-2

講談社文庫刊行の辞

二十一世紀の到来を目睫に望みながら、われわれはいま、人類史上かつて例を見ない巨大な転換期をむかえようとしている。

世界も、日本も、激動の予兆に対する期待とおののきを内に蔵して、未知の時代に歩み入ろうとしている。このときにあたり、創業の人野間清治の「ナショナル・エデュケイター」への志を現代に甦らせようと意図して、われわれはここに古今の文芸作品はいうまでもなく、ひろく人文・社会・自然の諸科学から東西の名著を網羅する、新しい綜合文庫の発刊を決意した。

激動の転換期はまた断絶の時代である。われわれは戦後二十五年間の出版文化のありかたへの深い反省をこめて、この断絶の時代にあえて人間的な持続を求めようとする。いたずらに浮薄な商業主義のあだ花を追い求めることなく、長期にわたって良書に生命をあたえようとつとめるところにしか、今後の出版文化の真の繁栄はあり得ないと信じるからである。

同時にわれわれはこの綜合文庫の刊行を通じて、人文・社会・自然の諸科学が、結局人間の学にほかならないことを立証しようと願っている。かつて知識とは、「汝自身を知る」ことにつきていた。現代社会の瑣末な情報の氾濫のなかから、力強い知識の源泉を掘り起し、技術文明のただなかに、生きた人間の姿を復活させること。それこそわれわれの切なる希求である。

われわれは権威に盲従せず、俗流に媚びることなく、渾然一体となって日本の「草の根」をかたちづくる若く新しい世代の人々に、心をこめてこの新しい綜合文庫をおくり届けたい。それは知識の泉であるとともに感受性のふるさとであり、もっとも有機的に組織され、社会に開かれた万人のための大学をめざしている。大方の支援と協力を衷心より切望してやまない。

一九七一年七月

野間省一

講談社文芸文庫

多和田葉子

溶ける街 透ける路

解説＝鴻巣友季子 年譜＝谷口幸代

ブダペストからアンマンまで、ドイツ在住の〝旅する作家〟が自作朗読と読者との対話を重ねて巡る、世界48の町。見て、食べて、話して、考えた、芳醇な旅の記録。

たＡＣ7

978-4-06-524133-2

多和田葉子

ヒナギクのお茶の場合／海に落とした名前

解説＝木村朗子 年譜＝谷口幸代

パンクな舞台美術家と作家の交流を描く「ヒナギクのお茶の場合」（泉鏡花文学賞）、レシートの束から記憶を探す「海に落とした名前」ほか全米図書賞作家の傑作九篇。

たＡＣ6

978-4-06-519513-0

今野　敏　ST 警視庁科学特捜班〈黄の調査ファイル〉
今野　敏　ST 警視庁科学特捜班〈緑の調査ファイル〉
今野　敏　ST 警視庁科学特捜班〈黒の調査ファイル〉
今野　敏　ST 為朝伝説殺人ファイル〈警視庁科学特捜班〉
今野　敏　ST 桃太郎伝説殺人ファイル〈警視庁科学特捜班〉
今野　敏　ST 沖ノ島伝説殺人ファイル〈警視庁科学特捜班〉
今野　敏　ST 化合 エピソード0〈警視庁科学特捜班〉
今野　敏　ST プロフェッション〈警視庁科学特捜班〉
今野　敏　特殊防諜班 諜報潜入
今野　敏　特殊防諜班 聖域炎上
今野　敏　特殊防諜班 最終特命
今野　敏　茶室殺人伝説
今野　敏　奏者水滸伝 白の暗殺教団
今野　敏　同　期
今野　敏　欠　落
今野　敏　変　幻
今野　敏　警視庁ＦＣ
今野　敏　カットバック 警視庁ＦＣII
今野　敏　継続捜査ゼミ
今野　敏　蓬　莱〈新装版〉
今野　敏　イ　コ　ン〈新装版〉
後藤正治　天　人〈深代惇郎と新聞の時代〉
幸田　文　崩　れ
幸田　文　台所のおと
幸田　文　季節のかたみ
小池真理子　冬の伽藍
小池真理子　夏の吐息
小池真理子　千日のマリア
五味太郎　大人問題
鴻上尚史　あなたの魅力を演出するちょっとしたヒント
鴻上尚史　鴻上尚史の俳優入門
鴻上尚史　青空に飛ぶ
小泉武夫　納豆の快楽
近藤史人　藤田嗣治「異邦人」の生涯
小前　亮　趙《ちょう》匡《きょう》胤《いん》〈宋の太祖〉
小前　亮　賢帝と逆臣と〈康《こう》熙《き》帝《てい》と三藩の乱〉
小前　亮　始皇帝の永遠〈天下一統〉
小前　亮　劉《りゅう》裕《ゆう》〈豪剣の皇帝〉
香月日輪　妖怪アパートの幽雅な日常①
香月日輪　妖怪アパートの幽雅な日常②
香月日輪　妖怪アパートの幽雅な日常③
香月日輪　妖怪アパートの幽雅な日常④
香月日輪　妖怪アパートの幽雅な日常⑤
香月日輪　妖怪アパートの幽雅な日常⑥
香月日輪　妖怪アパートの幽雅な日常⑦
香月日輪　妖怪アパートの幽雅な日常⑧
香月日輪　妖怪アパートの幽雅な日常⑨
香月日輪　妖怪アパートの幽雅な日常⑩
香月日輪　妖怪アパートの幽雅な食卓〈るり子さんのお料理日記〉
香月日輪　妖怪アパートの幽雅な人々〈妖アパミニガイド〉
香月日輪　妖怪アパートの幽雅な日常〈ラスベガス外伝〉
香月日輪　大江戸妖怪かわら版①〈異界より落ち来る者あり〉
香月日輪　大江戸妖怪かわら版②〈異界より落ち来る者あり 其之二〉
香月日輪　大江戸妖怪かわら版③〈封印の娘〉
香月日輪　大江戸妖怪かわら版④〈天空の竜宮城〉
香月日輪　大江戸妖怪かわら版⑤〈雀、大浪花に行く〉
香月日輪　大江戸妖怪かわら版⑥〈魔狼、月に吠える〉

椎名　誠　〈にっぽん・海風魚旅4〉大漁旗ぶるぶる乱風編
椎名　誠　南シナ海ドラゴン編〈にっぽん・海風魚旅5〉
椎名　誠　風のまつり
椎名　誠　ナマコ
椎名　誠　埠頭三角暗闇市場
真保裕一　連鎖
真保裕一　取引
真保裕一　震源
真保裕一　盗聴
真保裕一　朽ちた樹々の枝の下で
真保裕一　奪取(上)(下)
真保裕一　防壁
真保裕一　密告
真保裕一　黄金の島(上)(下)
真保裕一　発火点
真保裕一　夢の工房
真保裕一　灰色の北壁
真保裕一　覇王の番人(上)(下)
真保裕一　デパートへ行こう!
真保裕一　アマルフィ〈外交官シリーズ〉
真保裕一　天使の報酬〈外交官シリーズ〉
真保裕一　アンダルシア〈外交官シリーズ〉
真保裕一　ダイスをころがせ!(上)(下)
真保裕一　天魔ゆく空(上)(下)
真保裕一　ローカル線で行こう!
真保裕一　遊園地に行こう!
真保裕一　オリンピックへ行こう!
篠田節子　弥勒
篠田節子　転生
篠田節子　竜と流木
重松　清　定年ゴジラ
重松　清　半パン・デイズ
重松　清　流星ワゴン
重松　清　ニッポンの単身赴任
重松　清　愛妻日記
重松　清　青春夜明け前
重松　清　カシオペアの丘で(上)(下)
重松　清　永遠《とわ》を旅する者〈ロストオデッセイ　千年の夢〉
重松　清　かあちゃん
重松　清　十字架
重松　清　峠うどん物語(上)(下)
重松　清　希望ヶ丘の人びと(上)(下)
重松　清　赤ヘル1975
重松　清　なぎさの媚薬(上)(下)
重松　清　さすらい猫ノアの伝説
重松　清　ルビィ
新野剛志　八月のマルクス
新野剛志　美しい家
新野剛志　明日の色
殊能将之　ハサミ男
殊能将之　鏡の中は日曜日
首藤瓜於　事故係生稲昇太の多感
首藤瓜於　脳男　新装版
島本理生　シルエット
島本理生　リトル・バイ・リトル
島本理生　生まれる森
島本理生　七緒のために

講談社文庫　目録

小路幸也　高く遠く空へ歌ううた
小路幸也　空へ向かう花
小路幸也　スターダストパレード
原案　小路幸也／山田洋次／平松恵美子　家族はつらいよ
小路幸也／原作・脚本　山田洋次／脚本　平松恵美子　家族はつらいよ2
小路幸也／原作・脚本　山田洋次／脚本　平松恵美子　妻よ薔薇のように〈家族はつらいよⅢ〉
島田律子　私はもう逃げない〈自閉症の弟から教えられたこと〉
辛酸なめ子　女修行
柴崎友香　ドリーマーズ
柴崎友香　パノララ
翔田寛　誘拐児
白石一文　この胸に深々と突き刺さる矢を抜け(上)(下)
小説現代編　石田衣良他著　10分間の官能小説集
小説現代編　勝目梓他著　10分間の官能小説集2
小説現代編　乾くるみ他著　10分間の官能小説集3
柴村仁　夜宵
柴村仁　プシュケの涙
柴田哲孝　クズリ〈ある殺し屋の伝説〉
塩田武士　盤上のアルファ

塩田武士　盤上に散る
塩田武士　女神のタクト
塩田武士　ともにがんばりましょう
塩田武士　罪の声
塩田武士　氷の仮面
芝村凉也　孤《こ》闘《とう》の寂《せき》〈素浪人半四郎百鬼夜行(六)〉
芝村凉也　邂逅の紅蓮〈素浪人半四郎百鬼夜行(七)〉
芝村凉也　終焉の百鬼行〈素浪人半四郎百鬼夜行(八)〉
芝村凉也　追憶の翰《かん》〈素浪人半四郎百鬼夜行(拾遺)〉
真藤順丈　畦と銃
柴崎竜人　三軒茶屋星座館1〈冬のオリオン〉
柴崎竜人　三軒茶屋星座館2〈夏のキグナス〉
柴崎竜人　三軒茶屋星座館3〈春のカリスト〉
柴崎竜人　三軒茶屋星座館4〈秋のアンドロメダ〉
周木律　眼球堂の殺人〈~The Book~〉
周木律　双孔堂の殺人〈~Double Torus~〉
周木律　五覚堂の殺人〈~Burning Ship~〉
周木律　伽藍堂の殺人〈~Banach-Tarski Paradox~〉
周木律　教会堂の殺人〈~Game Theory~〉

周木律　鏡面堂の殺人〈~Theory of Relativity~〉
周木律　大聖堂の殺人〈~The Books~〉
下村敦史　闇に香る嘘
下村敦史　生還者
下村敦史　叛《はん》徒《と》
下村敦史　失踪者
下村敦史　緑の窓口〈樹木トラブル解決します〉
九把刀　阿井幸作／泉京鹿訳　あの頃、君を追いかけた
杉本苑子　孤愁の岸(上)(下)
鈴木光司　神々のプロムナード
鈴木英治　大江戸監察医
杉本章子　お狂言師歌吉うきよ暦
杉本章子　大奥二人道成寺〈お狂言師歌吉うきよ暦〉
諏訪哲史　アサッテの人
菅野雪虫　天山の巫女《みこ》ソニン(1)　黄金の燕
菅野雪虫　天山の巫女《みこ》ソニン(2)　海の孔雀
菅野雪虫　天山の巫女《みこ》ソニン(3)　朱鳥《あけがらす》の星
菅野雪虫　天山の巫女《みこ》ソニン(4)　夢の白鷺
菅野雪虫　天山の巫女《みこ》ソニン(5)　大地の翼

講談社文庫　目録

田辺聖子　私的生活
田辺聖子　苺をつぶしながら
田辺聖子　不機嫌な恋人
田辺聖子　女の日時計
谷川俊太郎訳　和田誠絵　マザー・グース　全四冊
立花隆　中核VS革マル(上)(下)
立花隆　日本共産党の研究　全三冊
立花隆　青春漂流
滝口康彦　粟田口の狂女〈レジェンド歴史時代小説〉
高杉良　労働貴族
高杉良　広報室沈黙す(上)(下)
高杉良　炎の経営者(上)(下)
高杉良　小説 日本興業銀行　全五冊
高杉良　社長の器
高杉良　その人事に異議あり〈女性広報主任のジレンマ〉
高杉良　人事権！
高杉良　小説消費者金融〈クレジット社会の罠〉
高杉良　小説 新巨大証券(上)(下)
高杉良　局長罷免―小説通産省

高杉良　首魁《しゅかい》の宴《うたげ》〈政官財腐敗の構図〉
高杉良　指名解雇
高杉良　燃ゆるとき
高杉良　挑戦つきることなし〈小説ヤマト運輸〉
高杉良　銀行大合併〈短編小説全集(上)〉
高杉良　エリートの反乱〈短編小説全集(中)〉
高杉良　金融腐蝕列島(上)(下)
高杉良　銀行大統合〈小説みずほFG〉
高杉良　勇気凜々
高杉良　混沌《こんとん》　新・金融腐蝕列島(上)(下)
高杉良　乱気流(上)(下)
高杉良　小説 会社再建
高杉良　小説 ザ・ゼネコン
高杉良　新装版 懲戒解雇
高杉良　新装版 大逆転！〈小説 三菱・第一銀行合併事件〉
高杉良　新装版 バンダルの塔
高杉良　第四権力〈巨大メディアの罪〉
高杉良　巨大外資銀行
高杉良　最強の経営者〈アサヒビールを再生させた男〉

高杉良　リベンジ〈巨大外資銀行〉
高杉良　新装版 会社蘇生
竹本健治　新装版 匣《はこ》の中の失楽
竹本健治　囲碁殺人事件
竹本健治　将棋殺人事件
竹本健治　トランプ殺人事件
竹本健治　狂い壁 狂い窓
竹本健治　涙《るい》香《こう》迷《めい》宮《きゅう》
竹本健治　新装版 ウロボロスの偽書(上)(下)
竹本健治　ウロボロスの基礎論(上)(下)
竹本健治　ウロボロスの純正音律(上)(下)
高橋源一郎　日本文学盛衰史
高橋克彦　写楽殺人事件
高橋克彦　総門谷
高橋克彦　炎《ほむら》立つ　壱 北の埋み火
高橋克彦　炎立つ　弐 燃える北天
高橋克彦　炎立つ　参 空への炎
高橋克彦　炎立つ　四 冥き稲妻
高橋克彦　炎立つ　伍 光彩楽土〈全五巻〉

2021年6月15日現在